「父」という異性《ひと》

父娘が必ず遭遇する葛藤

下重暁子

青萠堂

はじめに

生まれてはじめて会った異性《ひと》は、多分父であった。今の時代のように出産に立ち会うことなどなかったろうが、赤子をとりあげて、真っ先に母親に見せ、次いで父親が呼ばれたはずだ。

子供は親を選んで生まれるわけにはいかないから、私が生まれた時には、父という存在は決まっていた。母とは胎内にいる時から馴染んでいるが、父は一人の人間として生まれて後、対面する。女の子にとっては、はじめての異性、母に対するのとは違うよそよそしさがある。育つ過程においても、父は母のように傍にいるわけでもなく、現代のように育児に携わることなど皆無だったから、母は触れる存在だったのに比べ、父は外側から眺めるものだった。父の方は私を懐《ふところ》に入れて散歩をしたというが、私はまったく憶えていない。

おまけに家庭の中で最も権威を持っていたのが父で、どちらかというと近寄りがたく書斎に父がいるというだけで、足音を忍ばせて廊下を通り過ぎた。

軍人という職業柄か、あまり親しく話をしたことがない。従って父は何を考えていたのか、絵描きを諦めてまったく逆の道を進んだその理由もわからぬまま別れてしまった。

私に限らず、父とはうちとけて話すことがなかった女性は多い。男の子だって、母には甘えても、父には大事な決断以外相談することは少ないのではないか。

今にして思えば、もっと父を一個人として理解する努力をするべきだった。自分から近づくことだって出来たはずなのに、よけて通っていた。

母とは何の努力もなしに通じ合えることや感じ合うことがあっても、父という存在は、わかろうとしなければわからない。何も知らず、あるいは誤解したままで通り過ぎてしまっているのではないか。

そのことが、私が『家族という病』を書いた原点にもなっている。『父という異性《ひと》』を上梓するにあたって、雑誌に連載した「父への手紙」を最後に入れたのもそのためである。

私は「女の子」として育てられることはなく、病気だったこともあって好きなように子供の頃から生きることが出来た。そのことに感謝すると同時に、ボーボワールの言うように「人は女として生まれるのではない。女になるのだ」ということを痛感する。私は、まず私という個であって、女の子でも男の子でもなく私として育ったことが今につながっていると思っている。

あらためて父という存在を考える機会を与えていただいた青萠堂の尾嶋四朗氏に心からお礼申し上げたい。

下重暁子

「父」という異性《ひと》●目次

2章　女は女として生まれるのではない　59

3章 私の中の男 99

4章　自分をどう愛していくか　155

5章　「父」という異性《ひと》への手紙　181

序章　父と私と

反抗の椅子

父は、この椅子に座っていた。

書斎には、たたみ一畳以上ある大きな机と椅子があった。私はいつも、父の背を見ていた。軍人時代は、権威の象徴で、父の書斎に無断で入るのは、はばかられた。ドアを細くあけて、しのび足で通りすぎた。

敗戦の八月、私たちの疎開先に帰ってきた父は、持ち帰った陸軍の機密書類を山のように机に積みあげ、庭に持ち出しては焼いていた。朱の罫のある、こよりでとじた書類であった。

その日から、父は変わった。もともと神経の細かい人なので、いらいらして、大声を出し母にあたることも増えた。

私にとっては、落ちた偶像であり、悲しい思いで父の背をみつめていた。好きな絵を描いている時だけが、父にとっては心安まる時間のようだった。公職追放で民間の馴れぬ仕事に手を出しては失敗し、考え方も変わったかに見えたが、日本が復興するにつれて、父の考え方もだんだん軍人時代にもどっていった。

そんな父に私は死ぬまで反抗しつづけた。優しくない娘だった。父が死んで、あんなに反抗したのは、私が父に似ていたからだと気づいた。今、父の机と椅子は張りかえて私が使っている。

軍道

「桜並木ここにありき」

大通りに石碑がある。宇都宮の車の往来の激しい通りに面したそのあたりは確かに桜並木であったそうだ。

その話は父母からよく聞かされていた。

「生まれたばかりのあなたを大切に懐に入れてお父さまはいつも桜並木を散歩したものよ」

桜並木は当時軍道と呼ばれていた。陸軍の師団があったのがそのあたりで、師団司令部をはじめとして、軍人の官舎があった。

父は職業軍人で、宇都宮師団に転勤してまもなく私が生まれたのである。その前は、日本の統治下にあった中国の旅順に赴任していたから、ひょっとしたら私は宇都宮生まれではなく、中国生まれの可能性もあったらしい。

その年、昭和十一年は、二・二六事件が起き、世の中は騒然としていた。父も青年将校であり、二・二六の首謀者の一人、野中大尉と陸士の同期生ということもあって、心情的には参加したかったらしいのだが、上司に止められて行けなかったという。

東京も雪の日だったのだから、宇都宮はさぞ寒い日だったろう。父はいったん帰宅し、「これから出かける。帰れなくなるかもしれない」と言って着がえをして出て行った。軍人の妻は、いつことが起こっても覚悟をしていなければいけなかったらしく、母は父になにも聞かなかった。その時、あと三カ月で生まれる予定の私がお腹にいたのだ。

父が出かけて帰らなかったら、私たちの運命はどう変わっていたか。父もやがて産まれてくる子供に心を残しながら出かけたはずだ。父は上京を果たせず、決起した青年将校達は逆賊となった。

宇都宮はわが家においてドラマの舞台であった。

そんなことがあって生まれた子なので、父は私をことのほか可愛いがったのかもしれない。

父と私の蜜月時代は、この宇都宮だった。その後転勤を重ね、終戦になってから、私の父への反抗がずっと続くのだから。

一歳から二歳と幼かった私には、宇都宮の記憶はない。母からあとになって聞かされただけだ。

父は本当は絵描きになりたかったのだが、長男なので父親の跡を継いで軍人にならざるを得なかった。

祖父母のいる父の家はずっと東京にあったが、転勤ばかりであまり居つくことがなく、転勤について歩いていた私には、転勤先の家のほうがなつかしい。宇都宮の家は憶えているわけもなく、母に図面を描いてもらって、まわり廊下のある家だったとか、桜並木のすぐそばだったとか、漠然とした知識をたよりに、想像をたくましくするだけである。

ただ一つ実感として記憶しているのは、雷である。私は闇の中に一人寝かされている。父母はなぜだかいない。ねえやも買い物に出かけたのか、ともかく一人で寝かされているのだ。突然空が金色の光と共に裂け、雷鳴がとどろく。

恐怖感は、実感として残っているのだが、母は、その後の両親の話から私がつくりあげたのだろうという。私自身はたしかに憶えているし、恐怖の感覚は、幼児の記憶にも残るものではないだろうか。宇都宮の記憶といえば、私には雷しかない。

父は軍人時代も絵筆をはなさない人だったから、宇都宮の家や、桜並木がスケッチに残っていてもよさそうなのに、探してもない。そんな時代ではなかったのかもしれない。

父母にとっては宇都宮時代が二・二六事件をはじめ、忘れがたいらしく、後にいろいろな話をしてくれた。

李王《りおう》殿下が当時の宇都宮師団長であったこと。母が妃殿下とご一緒に将校婦人会で写した写真などもある。

李王殿下の奥方である方子《まさこ》妃殿下は、悲劇の主人公といわれ、戦後韓国で李王殿下の死後も過ごされた。

私が仕事で韓国に行った際、お目にかかる機会があったが、その時こういわれた。「宇都宮の師団にいた頃が一番楽しかったですね。」

一瞬遠くを見る目をなさったのを忘れない。多分、その頃の宇都宮は、過ごしやすい環境だったのだろう。気候は厳しいが、人々は純朴で暖かい。

禁じられた読書

本に親しむかどうかは、子供の頃の環境に影響される。

父は、職業軍人であったが文学青年風の感じやすい内面を持っていた。本の虫で、本棚には、小説がびっしりつまっており、私もわからないままに、取り出して、漢字などをながめている毎日だった。

よく日のあたる縁側に、分厚い辞書を持ち出して、一枚一枚、たんねんにめくり、夕方、日がかげるまで過ごして退屈しなかった。

四才の頃であるから、もちろん字が読めたわけではない。なにやら黒々と埋められた紙をみつめて、一枚づつ繰っていく動作が気に入り、急に大人になったような気がしていた。

私がそんなことをして遊んでいたのは、体が弱かったせいもある。近所の子供達と、小犬のようにころげまわったり、雀みたいにさえずった想い出は私にはない。家の中で一人で過ごすか、大人たちと一緒だった。自然自然に、一人遊びが身についたのである。

今でも、人の中に入って喋るよりは、一人でいる時の方がほっとして落ち着き、ちっとも苦痛でないのは、その頃の癖が身についているのだろう。

学校にあがるようになってからも、肺門淋巴腺炎《はいもんりんぱせんえん》から肋膜《ろくまく》になりかけて、二年間は殆ど学校に行っていない。抗生物質もなく、安静と卵と牛乳だけが頼りだった頃なので、私はピンポン台を急きょベッドにしたてて、その上で寝たり起きたりしていた。微熱がつづき、根《こん》をつめて本を読むと確実に熱があがるので、母が私から本を取り上げる。夜、母が寝てから、そっと父の本棚から持ってきた本を読む。母の起きる気配に枕の下に本をかくし、あわててスタンドを消す。そんなことばかりしていたから病気は一向に良くならない。内容が理解できたかどうかは別にして、その頃読んだ本に、朱色の表紙の漱石全集や森鴎外の作品がある。

父は、自分も本が好きなせいか、私が時折一冊づつ抜いていくのを知っていても何も言わなかった。ただ「太宰治」……八才の私には「ダザイジ」としか読めなかったのだが、その分厚い本を持ち出した時には、すぐ取り上げ、「これは読んではいけない」と厳しく言い渡された。私にはなぜだか、よくわからなかったが、父は太宰治の文章を危険だとどこかで思っていたのかもしれない。「いけない」といわれればよけい見たいのが人情で、私はことあるごとに、この本を持ち出すチャンスを狙った。やがて戦争が激しくなり、私達一家は当時住んでいた大阪から遠くない奈良県の信貴山《しぎさん》という山の上の旅館に縁故疎開（縁を辿って疎開すること）をした。家財道具も、父の本も一緒である。父は軍人であるから大阪に残ったままだ。

とがめられる人もないまま、私は太宰治の本をながめた。何を読んだのか、憶えてはいない。

疎開先の暮らしは存分に父の本棚の本達と親しめる日々であった。病気はよくならず、寝たり起きたりだったが、ちっとも苦にならなかった。「切腹の作法」などという絵入りの本を胸はずませて読んだのもこの頃である。

母もさじを投げて、本については何も言わなくなり、学校に行かない私には、本に親しむ時間は十分にあった。

その後、吉川英治の『三国志』を先を急いで全巻読破、本を読みおえることで何かを征服したような気になっていた。

癖が身に付いているのか、今でも私は途中で本を読むのを止めることが出来ない。どんなに分厚くとも夜明けまでかかって読みおえないと気がすまない。電車の中で続きを立ったまま読み、バスの中で読み、歩きながら読んだ。ホームから落ちそうになったこともある。冷静に読むことが苦手なのだ。

父の遺産

母が亡くなって三年が経つ。父はそれより九年前に亡くなっているので、私が家の後始末をしなければならなくなった。

七十七歳と八十一歳の人生が詰め込まれているわけだから、整理には手間取った。亡くなって間もなく、母のベッドのある枕元に、短刀を見つけた時は仰天した。備前長船《おさふね》の銘《めい》があり、壁際のカーテンに隠れるようにしてあった。母はその短刀を枕刀として、いつも身近に置いていたのだろう。

何のためだったのか。明治の女だから、いざというとき、自分で自分の身を守る覚悟だったのだろうか。最後は、一人暮らしだったから、何か事件でもあって、この短刀が見つかったら、かえって危なかったと、胸を撫でおろしている。

父が亡くなった時は、母がその後を整理したから、何が残されていたか、父のものについては全く知らなかった。ただ本が好きだったので、ほこりをかぶった古い小説本の数々と『みづゑ』などの絵の雑誌や、泰西《たいせい》の名画集があることだけはわかっていた。

父の希望は画家になることだった。美術学校に入るべく、こっそり努力していたが、代々軍人の家の長男なので無理矢理幼年学校から陸士と職業軍人の道を歩まされた。

絵を描いていたことがわかると、そのたびに水を張った洗面器を持たされて、廊下に立たされたという。何度も家を出ようと思ったらしいが、当時のこと、絵では食べていけない。

いやいやなった軍人生活の間も、絵筆を離さなかった。中国にいた時も、松花江や寺々の塔をスケッチブックに描いて送って来た。子供の頃、私が熱を出して寝る枕元には、父の描いた中国のスケッチを表装した屏風があった。その風景をこの目で見たと錯覚しているのは、いつも身近にあったためだろう。

戦時中も我が家には画家の客が多く、父は頼まれると、絵を買っていた。何枚かは今も残されている。

やがて敗戦。父は公職追放になり、売り食いだけで暮らす日々が続いた。馴れぬ事業に手を出しては、武士の商法で失敗し、私のお雛様まで手放さなければならなかった。

もともと全く向いていない職業になったのである。性格的にも、繊細で感情の起伏が激しく、戦後は常にいらいらしていた。私はそんな父を見るのが悲しかった。境遇が変わってももっと堂々としていて欲しかった。だんだん私は反抗的になり、口もきかなくなり、父が戦後、どう変わっていくのかを、意地悪く見守るようになった。

今から思えば、私を学校に上げ、自分たちの暮らしを守るのに必死だったのだろう。変わっていく姿を見たくないと、私は父から目をそむけ続けた。

その後、大学に職を得るまで、父は様々な仕事に手を染めたようである。たまに昔のように絵筆を握ることがあったが、模写らしかった。

家を整理するにあたって、抽出しの奥や、段ボールの中から、それ等の下絵がおびただしい数、発見された。

何枚かを見ていくうちに、思わず顔が赤らんだ。「あぶな絵」の模写が出て来たからである。黒い紙にはさまれて、しどけない女の姿や赤裸々な男女の交合の図もあった。裸婦のスケッチなどは、見馴れていたが、こうしたものを父が描いているとは思いもかけなかった。あの頃、絵を描いている父の部屋に入ろうとすると、血相変えて怒られた。

父は生活のためとはいえ、そうした絵を描いている姿を見られたくはなかったのだろう。

油絵が主だった父が、好んで描いたとはとても思えない。誇りをかなぐり捨てて、絵とこんな形で対峙しなければならなかった心情を考えるとたまらない。

私は、父に優しい顔を見せなかった。父の弱さを見ることが、私の弱さを見るようで目をそむけずにはいられなかったのだ。老人結核が原因で亡くなった病院の父の枕元には、雑誌から切り抜いた絵と新聞にのった私の写真がピンでとめてあった。時間が経った今、やっと素直な気持ちで父と向きあうことが出来る。

抽出しの奥にあった黒い紙に挟まれたあぶな絵、おびただしい数の下絵は、父が私に残してくれた遺産なのである。

1章

親といつ訣別《わかれ》るか

手こぎの船で大海にのりだすのが三十代

自分自身の内なる声に耳を傾けたことがあるだろうか。必要性は感じていても、ほんとうの自分と向きあうことがこわくて逃げてはいないだろうか。

逃げおおせることが出来ればいいのだが、ふつふつとわき上る不安とあせりが足を鈍らせる。しかしついには、いやおうなく自分と対面せざるをえなくなる、自分の内側に耳をすまさずにはいられなくなる。それが三十代だ。

二十代は逃げる気がなくても、まわりから次々と事件やおもしろい出来事、興味をひく事象が追いかけてきて、外界の変化を追っているだけで過ぎていくから、正面切って自分と向き合わずともすむ。

二十代で行動したことのつけが三十代になってまわってくる。逃げたつもりが、もはや逃げおおせなくなる。

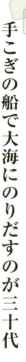

例えば結婚。二十代でどうやって選択したか。そのつけは三十代にまわってくる。背の高さやお金や条件で選んだ人は、しっぺ返しがくる。自分で選んだ人には、積み重ねとして残るものがある。

出産から子育てに追われていて物理的に時間のない時はまだいい。子供が幼稚園から小学校に進み自分の世界を持ちはじめる頃、ふと訪れた時間に襲ってくる孤独と不安。

夫は会社や自分なりの仕事の場をもち、子供は自分の興味と学校、友達というひろがりを持ちはじめるのに、一人家庭に置いていかれた淋しさ。いったい自分の場所はどこにあるのか。今まで家族と信じていたのに、構成員であるはずの夫にも子供にも他に生きる場がある。

……かつて二十代には自分にも自分のために生きる時間と姿勢があった。したい仕事も趣味も持っていたはずなのに現実に追われているうちに見えなくなってしまった。いったい〝私〟はどこにいったのだろう。何をしたいのか、どう生きたいのか、考える習慣すら知らない間に失っている。

電化が進まぬ頃は、押しよせる雑事が考えるひまをなくしてくれた。今はそのひまは十分にある。主婦という仕事といってもそれが自分の生き方、自分の場だといい切る自信はもてない。

ふと訪れた時間に自分はどこへいったかという不安とこれでいいのかという焦りが頭をもたげ、その音は少しずつ大きくなる。テレビや井戸端会議、ショッピング、カルチャーセンターや体操クラブと通ってはみても心は満たされない。人ばかり気になり友人ばかりよくみえ、それに比べて自分はといらいらし不安の原因になる。

不安と焦りがあるからこそ何かが始まる。そこから何をみつけるかが大切なのだ。何かを求めるからこそ焦るのだし、不安なのだ。恐れずに不安と焦りの正体をみつめよう。そのためには自分の内側に耳を静かにすますことだ。外の雑音にまどわされずに自分とむきあってみると、かすかに聞えてくるはずだ、自分の声が。そして膝をかかえて一人考えている自分が抱きしめたくなるほど愛おしくなるだろう。

あなたは一人なのだ。個にもどってそこから始めよう。二十代の様に華やかな船出ではないが、手こぎの船で大海にのりだす。三十代は、女にとってほんとうの自分をみつめる旅立ちの時なのだ。

精神的自立は親離れから

尊敬する人はお母さん?

ある化粧品会社から、その時代らしい女性を選ぶコンテストの審査員を、という依頼がきた。顔や体の美しさや健康だけでなく、聡明さや自立心も対象になるという。若いピチピチしたお嬢さんを見るのも楽しいし、何を質問してもいいというので「オモシロソー」と、当のお嬢さん達からみたら「けしからん」と叱られそうな理由で、引受けた。

当時の厚生年金の大ホールを狭しとばかり、美女達が練り歩く。笑みをたやさぬ口許といい、堂々たる応答といい、十六才の高校生もまじる若い女性とはとても思えない。殆どが男性の審査員、ただの美女コンテストでは意味がないので、私は出来るだけ女性と仕事、結婚と仕事などについて考えを聞いてみる。

このような場合の常套質問として「尊敬する人は?」というのがある。ナンセンスで私がこんな事を聞かれたら答えに困ると思うのだが、その日もこうした質問が男性審査員から出た。きっと困っているだろうなぁと、同情のまなざしでためらいの色を読みとろうとするのだが、いとも明快な答えがはねかえってきた。

「お母さんです」

「その理由は!」

「今まで育ててくれたから」

次の女性も、また次の女性も「お母さんです」

私は驚いてしまった。尊敬する人と聞かれて、〝母〟という答は私のどこをつついても出てこない。最も親しい人とか愛情を持つ人といわれれば別だが、自分の身内は思い浮かばない。チラと頭をかすめる事があったとしても、てれくさくてとても口には出来ない。

時代の差といえば、それまでかもしれないが、尊敬する人は「お母さん」と、平然と答えるのを聞いているうちに、異様な感じにとらわれてきた。

朝日新聞の記事でも同じような統計を見た。大学生対象の調査で、尊敬する人の第一位は圧倒的に「お母さん」がしめていた。

「ホンマかいナ」となかば疑いつつ読み流していたのだが、まのあたりに水着のお嬢さん達からその答を聞いて、「やっぱり」と考えこんでしまった。

急に聞かれたのだから、なかなか思いつかず、無難な所で「お母さん」と答えたのかもしれないが、何のためらいもなさすぎる。

彼女達は、ほんとうに母親を尊敬しているのだろうか。もしそうだとしたら、こんな不気味な事はない。お母さんの言う事を聞く「みんな良い子」なのだろうか。もっとも身近な人間に反発も感じず、疑問も持たず、翔びたいだの自立したいだのとは、親離れすら出来ずにどうして言えるのだろう。

一見「尊敬する人は母」といえば親子のうるわしい愛情表現のように見えるけれど、自分達の家庭という内部にしか目が向かない事実も気味悪く、親子の間には何の葛藤もないのかと、不思議になってくる。

反抗こそ自我の目覚め

私にとって親は、反抗の対象だった。親の生き方、考え方に疑問を覚え、精一杯の青くさい反抗の姿勢を示し、親をのりこえる……。そこからやっと自分というものが芽生えはじめたように思う。

父への反抗だが、戦時中軍人だった父は、一時全ての公職を追放され、戦争についての責任感も持ったようだったが、時代と共に再び昔の考え方にもどっていった。その事への限りない反発、そんな父に疑問も持たず従い、予供につくす事に生きがいを見出している母への苛立ち。私はだんだん無口になり。ことごとに反発の姿勢を見せた。

私の場合、いわゆる反抗期はそうとう長くつづき、私が仕事を持ち、距離を置いてつきあえるようになるまで尾をひいた。誰もが多かれ少なかれ、そうした親への疑問や反発を持ち、それをくぐりぬけてきたのではなかろうか。

親への反抗は自我の目覚めの大切な過程、精神的独立への第一歩なのだ。

そんな頃の青くさく、きばっていた自分がなつかしい。

「それがネ、最近は反抗期のない子が多くなってるのョ」

と不気味な話をするのは、高校の教師をしていた私の従姉。

「受験、受験、テスト、テストで小さい時から親のいいなりで、すっかり無気力になってるのネ。学校でも教師を困らすような生徒が減ってしまって淋しいワ」

私など自慢じゃないが、高校時代は先生から要注意人物と見られていた。制服があるのに一人だけそれを着ていかなかったからだ。

スーツ型のその制服はどうしても私に似合わなかったし、似合わないものを着て不愉快な思いで過ごしたくなかったので、セーラー型の服を自分でデザインした。先生から呼び出しを食って、スーツの上衣をダブルでスカートの襞を多くすることで妥協した。今考えるとバカバカしい抵抗のように思えるのだが、私は受験校の学力一点ばりの方針に、私なりに反発していた。わざとボーイフレンドと遊び歩いたりもした。自分の中のそんな部分を大切にしていきたいと、今でも思っている。

私にいわせれば、親にいい子、先生にいい子はどうも信用出来ない。ましてや何の疑問もなしに、自分を育ててくれたからという理由で親を尊敬するなんて……。

そういう人達は、大切な結婚も自分で選ぶのではなく、尊敬する親に選んでもらうのだろう。好きな男性がいても親が反対したら、親のすすめる一流大学出、財産があって一流会社につとめて、という条件と結婚するのだろう。

ちなみに、ある女子大生を対象とした結婚調査では、「親が反対したらあきらめる」が半数以上だったと聞く。

〝お母さん〟の疑問

さて、審査員の質問も一通りすんで、休憩の時間になった。喫茶店でコーヒーを飲んでいると、出場者の母親たちが集まってきた。私のすぐうしろで、一人の男性審査員をつかまえて、さかんに質問の矢を放っている。

ふりかえってみると、先刻、「尊敬する人は？」とお嬢さんたちに質問していた審査員だ。母親の一人が席をたって、つつっとその審査員にすり寄ったと思ったら、こう切りだした。

「先生！　うちの娘は、先生の尊敬する人は？　という質問にお母さんと答えました。

他のお嬢さん達も〝お母さん〟と言った人が多かったですネ。でも一人だけ、ジャンヌ・ダルクとか、キリストとかいった人がいるでしょう。〝お母さん〟という答えとジャンヌ・ダルクやキリストという答えと、どっちが正しいのでしょうか」

確かに、ほぼ全員がお母さんといった中でたった一人、ジャンヌ・ダルクとかキリストとか、母親とは別の個人名をあげた人がいた。

この答えに対する感想は別としても、審査員につめよって、「どっちが正しいのでしょう」という神経。まるで受験のための○×ではないか。正しい答えではなくその人の物の考え方を知るための質問だろうに、全て○×でしか考えられない母親……。こんな母親に育てられた娘が可哀そうになる。

そして娘は、そんな母親を最も尊敬する人だという。ああ、この母にしてこの娘あり……。

三十代、四十代で女性の一生は決まる

女性の三十代後半から四十代は、その時期をどう生きるかでその人の一生が決まる、だいじな時期だと私は考えている。

三十代の後半になると、子どもも小学校の中学年から高学年、お母さんの手を少しずつ離れていく。それまでは、結婚、出産、子育てといった外側から押し寄せてくるものに振りまわされていた女性が、ふと足を止め、自分自身を振り返る余裕をもてるようになる。無我夢中でできたけれど〝これでよかったのかしら〟という自分の心の声を聞き〝これではいけない、なんとかしたい〟というあせりも感じるだろう。

立ち止まって自分自身のことを考え、何かをしたいと思う気持ち、これが三十代の重要なポイントなのだ。女の人が自分自身のための人生の船出をするかしないかは、この時期にかかっている。四十代はこれを受けて、実現していく時期だ。三十代、四十代をどう生きたかによって、五十代以降がまったく変わってくる。

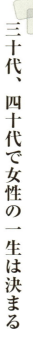

船出といっても、決して華やかなものではない。夫や子どもが祝ってくれるものでもないし、友だちが応援してくれるものでもない。孤独で、先の見えづらい出発だ。だれかに相談してというものではなく、自分ひとりで決断しなくてはならないのだ。自分で決断したことには最後まで責任をもたねばならない。

自分に問うとき

いまの自分に満足できない、突破口を開きたいけれど、何をしてよいのかわからない、ということもあるだろう。そのときは、あまり難しく考えないことだ。中学、高校時代を振り返り、〝何になりたかったのか〟を思い出してみるのもひとつの手がかりになる。〝こんな自分ではなかったはず〟というのなら、どういう自分を思い描いていたのかを、立ち戻って考えてみることをおすすめしたい。

何かをするというと、すぐ外へ出て働くことを考えがちだが、外へ出るだけが自己実現の場ではない。家事には衣・食・住・教育・経済など、ありとあらゆることが含まれている。このなかに、必ず自己実現につながるものがある。

例えば、インテリアが好きで、関連する本を独自に勉強し、さらに通信教育でインテリアコーディネーターの資格を取るなどして、自分の力を生かし始めた人が私のまわりにもいる。

暮らしのなかで感じた疑問、〝どうしてこんなにゴミが出るのかしら〟ということから、省エネ対策に取り組んでみたり、子どもの食べ物を危険から守るために、地域ぐるみでボランティア活動を始めた人もいる。

イメージが絞られたら、情報を集め、調査をしていく。ただこのとき注意しなければならないのは、〝ちょっとやってみる〟という軽い気持ちで始めることだ。当然長続きはしないだろう。若いときなら許された道草も、いまはしていられない。よく考えてから行動に移すことだ。自分自身を生かせる場、表現できる場はなんなのか、どこにあるのかをじっくり問い直してみてほしい。夫に反対されたとき、説得できるだけの強い決断や材料も必要だ。

家族のあり方

自分だけの時間をもつためには、意識的に時間を作り出していく努力が必要だ。家事というのはエンドレスの作業で、追いかけていくだけでとぶように日々が過ぎていく。気がついたら何もしないで年をとってしまっていた、ということにもなりかねない。何かをしようと思ったら、流れにどこかでエンドをつけなくてはならない。

一日のなかで本を読もうとか、インテリアの勉強をしようと思ったら、その時間を二十四時間のなかから最初に引いてしまうのだ。それがかえって家事の回転をよくしてくれる。

家のことを何もかも、ひとりでやろうと思わないことだ。家のなかの仕事を分担し、家族の一員として、できるかぎり協力してもらおう。そのためにも、家族のあり方を見直してみる必要があるかもしれない。母親の前向きな生き方は、家族に敏感に伝わる。テレビやうわさ話で時間をつぶしていた時とは別の、真剣に勉強したり、仕事をする姿は、「しっかりしなさい」と百回繰り返すより、子どもの血と肉になるのだ。

個性を仕上げる

年をとることは個性的になることだと思っている。なぜならある年代以上になると、持ち時間も、お金も、体力も減ってくるからだ。

若い時ならば、まだまだ先が長いから迷ったりあれこれかじったりする余裕がある。ある年代以上になるとそれがなくなってくるから、本当に自分のやりたいことをしておかないと、何もしないうちに終わってしまうかもしれない。悲観する事は無い。全てが減ってくるからこそ、的を絞って好きな事に向かう。最後に向かって個性的に自分を仕上げることができる。

私自身は、五十歳になる直前、これからどう生きたらよいかを真剣に考えた。仕事の面では、最もしんどいことを始めておくことと気づいて、ノンフィクションを書くことに着手した。初めておけば、続けるエネルギーはそれほどではない。

もう一つプライベートの面では、昔からやりたかったことを始めること。それがバレーである。ママさんバレーではない。クラシックバレエである。

「よく恥ずかしくないわネ」

という人もいたが自分がやりたいことに恥ずかしさは無い。他人が噂することが恥ずかしさの原因だが始めてみたら何も言わない。みんな面白がってくれる。

「へえー」

と驚く反応を見るのも楽しい。雑誌やらテレビやらも取材に来て、見た人が元気づけられたともいってくれる。

近所の教室で最高齢ではあるが、痩せて小柄で体が柔らかいのと、クラシック好きのせいで一年経って発表会にも出、欲が出て、松山バレエ団のアマチュア向け教室に通っていた。私自身の時間を自分のために使わなければ、年をとったらみんなでゲート・ボールになる。

私は「年をとったらゲート・ボール」の構図が気持ちわるくて仕方がない。ゲート・ボールが悪いわけではなく、みんながやることが問題なのだ。ゲート・ボールは好きな人だけやればいい。嫌いな人までが大切な残り少ない時間にやることはない。

ほんとうに好きなものをやっておくこと。

好きなものはないという困った人がいるが、ないのではなく忘れているだけなのだ。仕事、子育ての忙しさにかまけているうちに忘れたのだ。私だって仕事が忙しくて、五十歳になる直前まで忘れていた。自分の心に耳をすませた時、突然よみがえったのだ。バレエと、そしてもう一つオペラ。高校時代まで歌の勉強していたのだが、オペラ歌手には体が細くて無理と先生に言われたから、諦めて長らく忘れていた。オペラのアリアを勉強して唱いたいと思うと、夢がわく。

みな中学・高校時代の夢だ。一番感受性の強い時期に好きだったもの、やりたかったものが、その人の一番好きなものに近いという。

絵でも文章でもダンスでもなんでもいい。精一杯やってみよう。夢を持つことが、いくつになってもその人を魅力的にする。

自分の内側を大切にし、いつも心の声を聞けるようにしたい。外側ばかり気にして、人の言うことに左右されていると、内側の声は聞こえてこない。周囲の目ばかり気になって小さく小さく自分を追い込んでいく。

自分の内側から外へ向かって、広げていくことが大事だ。自分の内側とは、ものを感じ、考える力である。

年をとったら、最も大事なものの一つは感動である。感動のない人ほどつまらなく不幸なものはない。

風のそよぎ、小さな草花の色にも感動できる人は幸せだ。感動があるたびに、細胞が新しくなると私は思っている。

亡くなった私の母は、小さなことにも感動し、喜ぶ人だった。可愛げのある人で、我が家を訪れる友人知人は、娘はともかくお母さんが可愛いからといって遊びに来た。

感動を表現する手段も持っていた。亡くなった後に、ノートや広告の切れ端などに書きつけた短歌が数しれず見つかり、母の一周忌に歌集に編んで墓前に備えた。

母の短歌も、女学校時代に始まり、ずっと続けたかったのが、結婚出産、その後戦争をはさんで慌ただしい暮らしの中で忘れそうになっていたのが、晩年息をふきかえした。

母の老後も、結構充実していたのだと思ってほっとした。

さりげない結婚

「あら、本当に来ちゃった」

インド旅行から我が家に帰って呟いた。私の部屋に、大きな洋服箪笥とドレッサーが運び込まれている。連れ合いの部屋にあった家具である。他に本や細かいものを除いて、持って来たものは少ない。

前もって、両親にも話してあったし、了解を取ってあったのだが、目の前に道具を眺めては、仕方ないと覚悟を決めた。私たちの二人暮らしはこうやって始まったのである。

結婚するという、大げさなことがいやだった。二人暮らしの事実は事実だし、区役所に届けを出しはしたのだが、出来るだけ、さりげなく日常生活に組み込んでしまいたかった。

セレモニーや人目に立つことはやめたい。結婚をどうとらえるかによって、それに合った方法を考えればいい。ひっそりとさりげなくやるか、さもなければ個人の趣味を徹底的に生かして、はなばなしく楽しむしかない。

私が選んだのは前者だった。個人的なことと、結婚をとらえていたので。出来るだけ人をわずらわさず、二人だけですませてしまおう。式やら披露宴やらは気恥ずかしくていけない。親しい人にだけは、葉書で二人暮らしのお知らせをした。

二人とも三十歳を過ぎて、自分の生活スタイルが出来上がっているし、それを持続する形で、相手の生活に入りこまぬこと。同じ家には帰ってくるが、収入も別、生活費だけ折半で、二つの生活を持ち続けたい。そんな気持ちとルールを大切にしたい、と願っていた。

私たち二人がしたことは、いつものジーパンスタイルでつっかけをはき、散歩コースである、等々力不動におまいりすること。お賽銭を入れ二人で手を合わせる。いつも十円のところを百円に奮発した。

そうだ、散歩コースには神社仏閣が合わせて五つある。はしごをして、町内の氏神様やら、仏様やらにみなお願いしておこう。五ヵ所まわって、一人計500円の賽銭代である。それが二人暮らしを始めるための行事。私の家で酒盛りをし、母の手づくりの五目寿司を食べた。

マナーに欠けるという人もいたが、私にいわせれば、一番古式にのっとったものだったと思っている。もともと結婚式は、町内の守り神なる氏神さまにお願いしてやっていたわけで、ご近所の方々にどうぞよろしくという思いをこめて、自宅でごちそうするものだったのだ。

私は、町内の神様、仏様に手を合わせたし、自宅で知人友人に振舞いもした。自宅では大変だからというのでホテルや式場やらが利用されているわけで、もとはといえば住宅事情のせいといえなくもない。

私たちのやり方をとやかくいう人には、いかに私たちは古式にのっとった正統派であるかを説明する。かといって、ホテルや外国の教会やらでやってもちっともかまわない。せいいっぱい自分らしく楽しめばいい。

結婚を家同士のものと考える人は、型通りにやればいいし、要は一つのパターンにしてしまうことこそつまらない。

百人の男と百人の女がいれば百組の結婚形態があってしかるべきだ。

ただし、もとになるのは、あくまでも一人の男と一人の女がいることだ。結婚とは結婚式でもなければ、新婚旅行でもない。一人の男と一人の女がいて始まる。そのことだけを忘れずにいればいい。

気づいてみれば、二人暮らしも四十年以上。二人とも驚いているが、暮らしの基本は相変わらずちがってはいない。連れ合いが病気になったりで、時折り、型が変わりはするが、又元にもどる。

そのせいか、どうもいまだに〝結婚〟の実感がない。はた目にもそう見えるらしく、〝へー、結婚してたんですか〟と言われることもしばしば。

仕事場などでは独身だと思われているケースのほうが多い。別に隠したわけでもなく、二人暮らしを始めた頃は、週刊誌などにスクープされたりしたのだが、私のイメージが結婚にはほど遠いのだろう。

それこそ私の望むところで、結婚してないように見えて、実は二人暮らしというところがいい。

二人暮らしでも一人暮らしと同じ。結婚していないのと同じような状態で二人暮らしが出来るならやってみようと思ったのだから。

青春時代の殻

早稲田大学から手紙が来て「もし卒論を返してもらいたければお送りします」といった意のことが書かれてあった。

早速返していただきたいと書いたところ、簡易製本された、なつかしい卒論が送られて来た。

おそるおそるながめると、「萩原朔太郎論、下降の精神を中心に」と題がついている。

中味を読むと、なんとなく頬が火照ってくる。キザな表現や、難しい言葉が使われていて途中で読むのをやめてしまった。

ただあの頃、いかに私が朔太郎の詩にのめりこんでいたかは伝わってくる。朔太郎の言葉には、音があり、生理がある。単なる言葉ではなく、私の細胞が動かされる何かがある。

私にとっては、言葉や詩を読んでいるというのとは別の感覚があった。それを「下降の精神」と若い私は呼んだ。自分の内奥に深く深く降りてゆく。そのどろどろと底の見えないものの中へ徹底的に突き進むことで、初めて上昇のきっかけがつかめる。

大学時代、外界とつながることを拒否し、自分の中だけに降りていた私にとって、朔太郎の詩は、同じ感覚をもつ唯一のものに見えた。

多分朔太郎も、自分の内奥に降りられるだけ降りて初めて、上昇出来たのではないか。それが言葉のはしばしに滲んでいる。

感動とか好きとかいったものではなく、私にとっては朔太郎の詩を読むことが、自分の内奥に降りていくことだった。

人とうまくつきあえず、自意識過剰の自分をもてあましていた少女にとって、朔太郎の感覚だけが鋭くつきささって来た。病的ともいえるその一語一語に、私は救いを見つけていた。

だから早稲田の国文専攻で、卒論を書かねばならないと分かった時、私には朔太郎は、よけては通れなかった。

朔太郎を徹底的に追求することは、自分を考えることだったからだ。

中でも『月に吠える』や『青猫』には、朔太郎の息づかいが感じられる。

私は私なりの朔太郎論を書いた。どうしても書かねばならぬ理由があり、その意味で誰よりも朔太郎の詩を、頭でというより、感覚として理解しているという自負があった。

やっと書き上がった卒論に、担当の教授が点をつけた。思っていたより低い点だったので私はびっくりした。

その先生は、講師として他の大学から来ており学問的には朔太郎を理解出来たかもしれないが、自分の感覚として分かってはいないと私には思えた。

そういう人が、私の卒論に点をつけるなんて許せない気がした。

若いと言うことは、なんとごうまんであることか。

自分の穴の中で

一度も出た事のない高校時代の同窓会に出かけた。大阪へ講演に行ったついでがあった。私の中学、高校は大阪である。父の転勤でしばらく住んでいた。中学は樟蔭という女子校、高校は受験校の大手前高校だった。

「おとなしい人だと思ってたけど……」

人目にはおとなしく見えていたらしい。あまり話をしないで黙っていたせいだろうが、私の心の中はおとなしいなどとは縁遠かった。

自意識過剰で、その自意識をどこへ表現していいか分からず、まず服装にあらわした。自分に似合わぬと思う制服を、シングルをダブルに、スカートの襞《ひだ》を一つから三つに変えて、髪を結わえるリボンの色も様々だった。私にとっては大切な自己主張だった。

上から管理しようとするものにことごとく反発し、先生や父母という権威に反抗した。黙って実行するタイプなのでおとなしいと誤解されたのだろう。一見おとなしそうな人にみえたのに、ずっと仕事をしてきたことが、私の本質を知らぬ友人には不思議だったらしい。

「ませてたナ。同い年の俺たちなんか興味はないという顔をしてた」

男性達はそういう。当時の写真を見ると、妙に大人びた顔をしている。

私は小学生のころ胸を悪くし二年間学校を休んだが、戦時中で他の生徒も疎開などで学校へ行っていないので遅れずにすんだ。まわりに大人しかいず、終戦後は落ちた偶像となった軍人の父の、時代によってほんろうされる人間の姿をまのあたりに見ているうちに、妙に冷静にものを見る目を身につけてしまった。

私は家庭内でも父や母の姿を意地悪く観察し、先生たちの言葉も容易に信じない。素直でない少女だった。無邪気に振る舞う同じ年頃の生徒が子供に見え、うっとうしかった。家で療養中もずっと本だけが友達だったから、頭でっかちで、精神的に大人びて白けていた。

それが「ませている」と見えたり、「ひねている」と思えたらしい。私は私で同じ年齢の友人とどういう回路でつながればいいのか分からず、一人であせり、穴を掘り、孤独感を強めていた。

「○○張りの文章を書いていたじゃないか」

先生は、有名作家の名を挙げてそういった。私はすっかり忘れていたが、その頃から書くことは好きで当時の作文を先生は覚えていた。理数科系はできなかったが、国語だけは全く勉強しなくても成績がよかった。

自分の穴の中で自我をもてあましながら模索していた頃の私を、友人や先生の方がよく覚えていた。あの時代の私はまさしく今につながっているのだ。

2章
女は女として生まれるのではない

一人っ子と長女

仕事で活躍する女性を対象にしたアメリカの調査がある。いずれも企業のトップや副社長、有名文化人などである。その結果おもしろいことがわかった。ほとんどが一人っ子か長女だというのである。

一人っ子や長女は、親から女の子扱いをされずに育つからだそうだ。一人っ子の場合は、一人しか子供がいないわけだから、男の子も女の子もない。ともかく愛情をそそがれて育つ。女の子としての扱いはない。長女の場合、特に第一子としての長女は、はじめての子供であるから、男の子、女の子としての育て方をしない。

私自身も兄と二人兄妹の長女だが、女の子としての育ち方はしなかった。兄は早くから東京の祖父母の下で学校に通い、まだ小さかった私だけが父の転勤先についていったから一人っ子同然でもあった。

私のまわりを見ても、長く仕事をしている仲間は、一人っ子や長女が多い。

一人っ子の場合は、男だの女だのと意識をしない。仕事場でも男だ女だという前に個人なのだ。長女の場合は、妹弟の面倒をみなければならぬという責任感に溢れ、姉御肌である。しっかり者で男でも女でも後輩の面倒をよく見る。大学を出て就職したNHKのアナウンサーでも、名古屋の局で一年間共に過ごした野際陽子さん（現女優）は長女であったし、親しくしている作家の小池真理子さんも長女である。一人っ子は自分で自分の面倒を見なければならないし、長女は兄妹中で自分がまずしっかりした態度をみせねばならず、自立せざるを得ない。

ボーボワールが言うように、まさに「人は女として生まれるのではない。女になるのだ」。世間的な物差しで女としてつくられるケースがなんと多いことか。幸運にも一人っ子や長女はそれをまぬがれることが出来た。女としての特別な意識をもたずに大きくなったことが、その後の人生をどんなに左右したことか。個人として自分の可能性をのばすことが出来たか。

男女の差別が少ないアメリカですら、先にあげたような調査結果が出たのだから、ましてや日本では、まだまだ女としてつくられてしまうケースが多いといってもいい。折角才能があってもそれを生かすことが出来ない。家事や育児と両立させることが出来ず挫折してしまう。

女であることの意識が強く働きすぎるのだ。まず個人であって、その個人の性別が男であるか女であるかだけのちがいなのに、まず女であって個はその後にかくれてしまう。女であることに甘える態度もそこから出てくる。責任感も欠如してくる。「女だから」のいいわけがあらゆることに顔を出す。

家事の面でも、家事は女の仕事というすりこみが出来ている。仕事をする女や男にとって家事は二人のことで、分担は当然なのだが、どこかに女の仕事という思い込みがある。男の側だけでなく女にもある。男が食事をつくったり、掃除をしたりすると必要以上に感謝する。「本来女の仕事なのにやってもらってありがとう」と思ってしまうのだ。

私にはそうした思いはない。我が家は一緒に暮らしはじめて今に至るまで独立採算制であり、家事もお互い得意なものをやる。つれあいは料理が趣味なので、料理は家にいる限りつれあいが作る。私は後片付けに自然にまわる。だからといって私は特別ありがたがらない。友人は羨ましいというが、つれあいは好きなことをやっているだけなのだ。才能はのばさねばならない。私がつれあいの才能の芽を摘むことは許されない。私には「女だから」という意識はまるでない。意識のすりこみがなかったことは親に感謝している。

姿勢を正すもの

子どものころは、体が弱く、家で寝ていることが多かった。前にも書いたが小学校三年が敗戦の年であったが、その前後二年間は、肺門淋巴腺炎《りんぱせん》という初期の結核にかかり、全く学校に行っていない。疎開先の山の上で、父の本の中でも小説ばかり読み漁った。意味もよくはわからないまま。微熱があり、特効薬も見つからぬ時代のこととて、栄養をとって安静にしているしかなかった。

都会の子は、みな疎開していたので、私は二年の休学にもかかわらず、進級できた。ただ激しい運動はとめられていたので、体育の時間はいつも見学、いまだに泳げないし、自転車にも乗れない。中学、高校、大学に行っても人みしりで、すぐ体の調子が悪くなった。

その私が、健康になれたのは、全く仕事のおかげである。大学を出てＮＨＫのアナウンサー試験に合格し、毎日、目もくらむほどの忙しさの中にほうりこまれて、文句をいっている暇がない。責任感だけは強いので、引き受けたことは最後までやる。意地っぱりだから、愚痴はいわない。そんなわけで、テレビ創成期のめまぐるしい時代をのりきった。

気がついてみると、大学を卒業して今に至るまで、五〇年以上、病気で仕事を休んだことは一度もない。休んだのは母の葬儀の時だけ。風邪も暇な時にひく。忙しい時は気が張っているから、風邪もひかない。自分の体に耳をすませる癖が日ごろからついているので決して無理はしないし、遊びとのチェンジオブペースも下手な方ではない。健康とはいいがたいが、気がつくと上手に仕事をする方法を身につけていた。

もし私が仕事をしていなかったら、どうなっていたろう。体も心も蝕まれて、駄目人間になっていたろう。病気に甘え、情緒不安定、文句ばかりいっている人生だったろう。ほんとうに助かった。仕事があってよかったとしみじみ思う。子どものころの病気がちも、多分に過保護で自分を甘やかしていた結果なのだと思う。普通の子のように無邪気に遊ぶかわりに、物事を考え自分に確かめる癖もついた。病弱も悪いことばかりではなかったのである。

仕事とは、私にとって姿勢を正すものである。プロとしてその場に立ったら、甘えは許されない。責任をもってやり通すしかない。放送の仕事も、物書きの仕事も、何事も仕事と名のつくものは同じである。

仕事に入ったら文句や愚痴はいっていられない。すっくと立ってこの身に引き受ける。最善の努力をするしかない。

渦中に入ると、自分の中の五感が目ざめ、頭は動き出す。人に迷惑はかけられないから、約束した事は果たさねばならない。

お腹が痛かろうが、持病の偏頭痛が起きようが、待っている人がいれば、講演会にも行く。ぎっくり腰で動けない時も、事務所の者に助けられて長野県飯田までたどり着いた。幕をしめてもらい、壇上の机の前まで運ばれ、なんとか仕事を終えた。ちょっと悲壮感にも似た満足感があり、そんなこんなのうちに直ってしまった。

私から仕事を引いたら何が残るか。だらしない甘えん坊の自分が残るだけだ。かといって決して仕事人間ではない。遊ぶのも旅も大好き。仕事があるからこそ、遊びの時間がこよなく嬉しい。瞬時に心遊ばせる術ももっている。

仕事と遊びとこの二つは車の両輪である。仕事でうまくゆかぬと遊びに没頭し、遊びや人づきあいに疲れたら懸命に仕事をする。今のところそのバランスは保たれている。

願わくは、最後の瞬間まで仕事をしたい。暇をもてあましたりすることなく、姿勢を正したままで終わりたいものである。

子守唄の記憶

二・二六事件のあった昭和11年に私は生まれた。父はいわゆる青年将校。二・二六事件の中心人物の一人、野中大尉と陸軍士官学校の同期である。転勤先の宇都宮の師団で事件の報に接し、「帰れぬかもしれぬ」と母に告げて出かけたが、上司に止められて上京できなかったと聞く。

そういう時代のせいか、宇都宮にいた1〜2歳の間、母が子守唄をうたってくれたかどうかの記憶がない。

私の口をついて今も出てくる子守唄は

ねんねん猫島《ねこしま》の猫の尻尾《しっぽ》がお馬に蹴《け》られてあらきゃきゃきゃきゃ

ねえやが、私をおんぶしながらうたってくれた唄だ。

宇都宮から仙台の師団に父が転勤になり、毎朝、馬が係の人に連れられて迎えにきた。私は、母に抱っこされてにんじんをやる。長靴《ちょうか》にマントをひるがえして馬にまたがっていく父は、子供心にかっこよくうつった。

母が外出したり仕事をする間、ねえやはくり返しこの唄をうたう。いうまでもなく『江戸の子守歌』「ねんねんころりよ　おころりよ　坊やはよい子だねんねーしな…」の替え唄である。私はその唄をきくたび、「猫がかわいそう」といって泣くのだった。

そんな替え唄をなぜねえやは私にうたったのだろう。彼女は、まだ10代で東北の田舎から行儀見習いをかねて住みこみで来ていた。気立てがよく私をかわいがり、後年、私がテレビの仕事を始めた時も、懐かしがって会いに来てくれた。

気づかぬうちに十代という若さで子守りに出された哀《かな》しみを心の中にかかえ、それが替え唄になってあらわれたのかもしれない。決して私を泣かせる意図はなかっただろうが。

子守唄には哀切な歌詞が多い。子守りをする少女や妻や当時の女性の置かれた地位が投影されていたからなのでないか。

明治期に宣教師として来日した、ウィリアム・カニングハムが作った散文詩「日本人の赤ちゃんのお守りさん」にこんな一節がある。

おお、日本の小さな赤ちゃんたちよ
あなたがたはほんとうにおかしな方法でお守りされている。
揺りかごの中でやさしく揺り動かされもしないし、高く吊ったハンモックの中で
ゆさぶられてもいないし…
赤ちゃんたちがどんなふうに
行商人の荷物のように
姉ちゃんたちの背中にゆわえつけられているかを教えよう。
少女たちは、他の子供達にまじって
面白い遊びに興じて
跳んだりはねたりしているが
その間、決して軽くない赤ちゃんを

おんぶしている…
（追悼文集『燃える聖火』より）

西洋人の目には日本の子守り風景が異様にうつったらしい。

私のあこがれ

中学・高校時代、私があこがれていたもの、それはオペラ歌手である。戦後も落ち着いてようやく文化が花開き、藤原歌劇団のオペラを鑑賞することができた。「アゴット」という学生音楽友の会に入ると、切符も安く、大阪に住んでいた私は学校が終わると、制服におさげ髪で、堂島にあった朝日ホールに向かう。いつもぎりぎりで間にあった。

「カルメン」を見た日は紅いバラを口にくわえて「ハバネラ」を、椿姫を見た日は、白いシーツを体に巻きつけて「ああ、そはかの人か」などのアリアを鏡に向かって真似てみた。

私はオペラ歌手になりたいとひそかに思っていた。小学生のころ、何度か学芸会で独唱したことがあった。もうひとつは、戦後の父の姿を見ていたからだ。父は幼時から絵が得意で、美術学校に行くことを願っていたが、軍人だった祖父は、長男の夢は許さず、幼年学校から士官学校と職業軍人の道を歩ませた。

当時は父親の権力は絶対で、絵で食べられる時代ではなかった。そんなに好きな絵を断念してなった職業軍人としての仕事は戦《いくさ》とともに終わり、公職追放。父は落魄《らくはく》の人となった。

父の絵は、わが家の壁に何枚もかかっていたが、それを見るたび、父の轍《てつ》は踏まぬ、私は自分の好きな道を選ぶと心に誓った。

週に2回、私はコンコーネやオペラのアリアの楽譜を手に大阪の環状線の桃谷駅で降り、芸大出の先生に声楽を習いに通った。受験校である大手前高校では異色だった。名ソプラノ三浦環の弟子だった牛屋先生の許で、男子学生とモーツァルトのオペラの二重唱やイタリアをはじめとするさまざまな歌曲やオペラのアリアを教えられた。その中に『ジョスランの子守唄』があった。バンジャマン・ゴダール作曲、近藤朔風訳詞。歌劇『ジョスラン』の中の曲だが、この曲だけが今は知られている。

むごきさだめ　身に天降《あも》りて
汝《なれ》と眠る　呪《のろ》われの夜《よ》
胸の憂《うれ》い　夢に忘れん
祈らばや　ゆらぐ星のもと
夢のまきまきに　憧《あこが》れよ　み空《そら》へ
眠れいとし子よ　眠れ　今は小夜中《さよなか》
ああ夢ぞいのち　マリヤよ守りませ

どういうオペラか知らないが、この子守唄はドラマチックな名曲である。
私の希望をきいて、牛屋先生は、声楽をやるのはいいが、オペラは私のやせた体では無理かもという。オペラ歌手としての器を持たないことを悟り、私はうたうのをやめ、きく方へまわることにした。

今もオペラは一番いい席できき、趣味として、たまにうたっている。

〝同居人〟と暮らしてみると

「鏡つき」ドレッサーといっしょに

秋のことだ。長い間、両親と三人暮らしだったわが家に、同居人がころがり込んだ。使い古したベッドと、洋服ダンスと、こわれかかった本箱と、洗面道具やひげそり道具一式をしまう鏡つきのドレッサーを、ちっちゃなトラックに積んで……。

ジロジロながめながら、「へぇー。男の人でも化粧道具を入れるみたいなドレッサーがいるんだな」と、妙な発見と感心をした私。

その彼を〝同居人〟だと思うのは今も変わりないが、以来、世間は下重暁子の夫だと彼をみなし、この私は結婚したのだとみなされている。「下重暁子は結婚した」ということに、あえて否を唱えようという気はないけれど、ちょっと弱ったことが起こった。

それまでは、「なぜ、結婚しないの?」と聞かれたものなのに、それ以来「どうして結婚したの?」と、聞かれるようになったのだ。

「なぜしないのか」と尋ねられるより、「どうしてしたのか」と聞かれるほうがはるかに返答に困るのである。ムリに答えようと思えば、

「……要するに、結婚してもしなくても同じだ、ということがわかったのでしました」

というヘンテコリンなことを言わなくてはならない。自分の気持ちに忠実であろうとすればするほど、答えはヘンテコリンになり、相手は釈然としない面持ちでうなずくことになるのである。

恥ずかしながら優等生

小さいころから、私は、「結婚」というものをきらっていたように思う。「結婚」の

意味など知りもしない年齢から、お菓子を食べたり、物思いにふけったり、だれも知らない遊び場を見つけたりするような「好きなこと」から、結婚を除外していた。私にとって結婚は「いやなこと」のほうに属していたのである。

「大きくなったら何になるの?」と聞かれて、多くの少女たちが「おヨメさん」と答えるのは、薄いベールを長く引いた純白のウェディングドレスや、豪華けんらんたるうちかけの花嫁姿を美しいと思い、そこにあこがれや夢を結晶させるからだろう。

私にはそういうことが全くなかった。なぜか私は、あのウェディングドレスやうちかけを美しいと感じたことは一度もない。きれいな服を着たいとは思っていたけれど、花嫁衣装は全然きれいとは思えなかったのだ。これがずーっと尾を引いていて、結婚を自分の身に引き寄せて考えることも、一度もなく過ごしてきたのである。

というと、人は半信半疑といった顔で、私を見る。「イイカッコして!」。どう思われようと、言われようと、ほんとなのだからしかたがない。

なぜこんなふうになってしまったのだろう、と私だって考える。

小学校の三年ぐらいまでは、それはもう、恥ずかしいばかりの優等生だった。親も先生もそう思い、嘱望し、私自身にもその記憶がある。

それが突然、ギクシャクし始め、優等生の道を踏みはずしたのみならず、人がみんなやっていることは絶対やりたくない意地のようなものまで出てきて、八方破れな女ができ上がった。

小学校三年のとき、疎開先の奈良で敗戦を迎えた。

わずか十才に満たない少女の人間形成に、敗戦がどれほどの影響をもたらすものかと人は思うかもしれないが、十才の少女といえど、無傷で残るというわけにはいかなかったのである。

具体的には何かといえば、軍人であった父の変わりよう、とでも答えればよいだろうか。

結婚嫌い、家庭嫌い、親子嫌い

父が軍人だったために一家は転々と父の任地を引っ越して歩き、私は連隊のあった宇都宮市に生まれた。わが家の暮らしと父の職業とはぴたっと密着していたのである。

敗戦の日から、父は、全く元気をなくしてしまった。根こそぎ立つ場所を奪われたのだから、当然だろう。父はもうけっしていばらなかった。家族の中でさえ、しょんぼりとさみしげに、精神力を低下させていくのだった。口で語り、文字に書けばこれだけのことでしかないが、このことが私に与えた影響は、大きかったといえる。

ところがである。

年月がたち、人々は敗戦のショックから立ち上がり、そればかりか、世の中には、今まで片隅に小さくなっていた昔の軍人たちを再認識するかのようなムードさえ広がり、それにつれて、あろうことか、あれほど打ちひしがれていた父がどことなく元気を取り戻してきたではないか。

いやだった。娘として、父の上にそのような変化を見ていることは耐えがたかった。私は、世に行なわれている権威だとか価値だとかを、いっさい信じない人間になった。「結婚」「親子」「家族」といったものを、私がきらうのも、こんなところに起因しているのかもしれない。

私には一人の兄がいる。彼は、私とは正反対の意味で典型的な人である。結婚して子どもが生まれ、いわゆる〝幸福な家庭〟というものをつくり上げ、世の中にうまく生きていけた人だと思う。父との確執のために父の任地をついて歩くことができず、一人だけ祖父母に預けられ、家庭を離れて暮らした兄と、両親のもとでわがままいっぱいに育った私とのおよそ対照的な生き方を、ときにはある種の感慨をもってふり返ってみることがある。

子どもは好きだ。子どもが母親といっしょにいる姿を美しいと思う。父親と子どもとが歩いているのも美しく感じる。ところが、これが全部つながって「家庭（族）でございい」となると、俄然、気持ち悪くて大きらいになる。

家族づれくらいサマにならない風景はない。全然、美しいとは思わない。

それなのに幼いころの優等生の殻が、まだどこか私の気づかない体の一部にくっついているのか、それとも、九年間も在籍したＮＨＫという大組織のあのふんいきのせいか、多くの人々からは、まともで模範的な、一般的な表現に従えば「いいお嬢さん」風の女だと思われているらしい。とんでもない誤解である。

世間的な価値を疑い、大勢に逆行し、わがままで、やりたいと思ったことはとことんやるあまり、あり金はたいてエジプトへ、ネコのブロンズを買うためにだけ出かけて行くようなキテレツな私のような女を模範とした人こそ（そんな人がいたら、の話だが）不幸である。

おまけにノンベエときている。そして〝同居人〟もまたノンベエだ。わが家の同居人となる以前から私たちは酒飲み友だちで、酒さえなかったらこんなことにはならなかったろう。二人の間というものは、いってみれば酒の上のあやまちだといってもいい。

〝同居人〟は、テレビ朝日のニュース屋で、私がNHKをやめてフリーとなった第一回目の仕事が、彼をディレクターとする報道番組だったのである。こういうと、なにか因縁めくが、事実はそんなムードからはほど遠い、味もそっけもない仕事場での男と女だった。

あとからよくよく考えてみると、仕事とはいいながら私たちは二人っきりで旅行をしている。それも長崎といういいところへ行って、二人で泊まってもいる。もちろん、部屋は別々である。昔の失恋の話とか、好きな人の話なんかをしたように思う。番組が終わって、二人は別れ、それぞれの暮らしの中に戻った。

「割りと気が合ったな」この程度の印象だけを残して……。たとえ、それ以上の、もっと積極的な心情をいだき合ったとしても、あの時点から何かが起こるということはありえなかっただろう。私には妙にケッペキなところがあって、同じ仕事をしている中での恋愛がひどくきらいなのだ。仕事と恋愛とが、いっしょくたになるのはやりきれないし、その損得関係でつながっていると思えば情けない。というわけで、仕事場での恋は、最も私と無縁のものだからだ。


神仏前結婚!


「あなたたち、いったい、いつきまったの?」

と、人々は詰問する。いつきまったかって言われたって困る。いつこんなことになったのか、さだかならぬまま、いつともなくこうなったのだもの。

長崎出張から半年ぐらいたって、帰り道で二人はパッタリ会った。

「よう」

「久しぶりね」

「じゃ、飲むか」

衆議（?）一決、自由が丘の焼き鳥屋に繰り込んだ。〝同居人〟はそのころ、私の家から歩いて二十分ぐらいのところにあるアパートに暮らしていたのである。家が近くでノンベエで気が合うとなれば、あとはもう年じゅう行ったり来たり。そのうちに、行ったり来たりもめんどうくさくなってきた。だからいっしょに住むことにした。といっても、私が家を出て行けば両親が寂しがるし、幸いわが家にはまだ人の住む余地があるし、あの男ならいても邪魔にならないし、家賃はただだし……というので、老いたる両親との平和な三人暮らしの中に、突如として同居人を迎えることになったのである。

　かねがね、家庭は諸悪の根源だと思っている私としては、「家庭をつくるためになんか、だれが結婚などするもんですか」などと言い暮らしてきたけれど、私の大きらいな堅固な家庭だとか、永遠なる家族だとか、親子のきずなだとかいうことが、全部くずれてしまったところから出発する人間同士としての男女の結びつきというのは、結局のところ同居しかないのではないかとも思う。

普通、世間で思われているような「結婚」はとうていできない私だから、夫として妻として暮らすのなどは論外だ。いっしょに住んでも今までどおりかってに暮らしたいと思う。最低の結婚は何かと考えたら、何もしなくていい結婚のように思えた。式も披露宴も新婚旅行も。あいさつ回りも、その他、家庭に付随するもろもろのすべて。一緒に住んでますよ、という届けだけを出せばよい。それだって、何も出さなくてよいのだ。出しても出さなくてもよいものなら肩ひじはってこだわるみたいだから、それは出すことにした。

ある朝、〝同居人〟が、

「きょう、出してくるよ」

と言うから、

「フーン」

と言ったなり、確かめもせずにいたら、後日、わざわざ謄本をとり寄せて調べた週刊誌の記者がいて、その人が見せてくれたので、はからずも確認することになった。

無関心でいこう

〝同居人〟との暮らしのありようは、一口に言って「無関心」である。いっしょに暮らすことのために、今までのやり方が大幅に変わってしまった、ということはない。

一カ月の生活費を折半し、同額ずつを月末に母に渡せは、あとはお互いこれまでどおり気ままに暮らしている。どんなにおそく帰っても、「何をしていた」だの、「だれと会っていた」だの、「どこへ行った」だのはいっさい聞き合わないし、仕事上の旅で私はしょっちゅう家をあける。相手に無関心のはずはなくとも、無関心を装っていることを美徳だと私は思っている。

〝同居人〟は、私がどこでどんな仕事をやって、いくら収入を得ているかなんてまるで知らないし、私は私で、向こうの月給がいくらかだいたい見当はつくけれど、まるで興味がない。生活費だけを半々に出し合って、あと自分でかせいだものは自分でかってに使う。

いっしょに暮らすようになって、共同で買ったものが一つだけある。車だ。お金があるときはあるが、ないときは一銭もない自由業の私は、そのときたいへんにお金持ちで、頭金も含めた代金の半分をポンと気前よく払ったが、〝同居人〟はその後営々と月賦で払っていた。

家事の才能もなく、料理もダメな私にくらべて、〝同居人〟はうまい。レンガなんかを買ってきて、せっせとバーベキューなどを作る。「お相伴にあずからなくては申しわけないではないか」。

男の見分け方について質問されたら、ひとり暮らしをしたことのある人、と答える。「何でも一人でやることに慣れていて、すでにでき上がっているから、ものすごくラクチンです」

男女不可解

学生時代に、私はある音楽家にほれた。一目ぼれで、芸大の卒業演奏会の舞台で一目見るなり、この人とは縁があるに違いないとまで思い込んだ。予感どおり、名古屋に転勤した私の前に、彼は番組の出演者としてあらわれ、仲よくなった。バカみたいにほれた。あまりにほれ抜いたゆえに、今思い出しても小気味よく、あのころの私は涙の出るほどいいヤツだったなと思う。外国へ行った彼が、そこで出会った十九才の女性と結婚することで、この恋は私の大失恋に終わったが。

一方、わが〝同居人〟に関しては、およそ恋だのほれただのという色合いはなかった。兄がいても、私は、わがままかってで我が強く、きょうだい間の訓練が乏しいために、人に対する思いやりに欠けていたのだけれど、〝同居人〟は、なぜか、彼を通してその向こうに広がっているたくさんの人間を、つい思いやるような気分に私をさせるのである。それればかりか、私がどちらかといえばバカにしていた家事についても、「もしかしたら、これはそんなにバカにすることじゃないかもしれないぞ」という気をいだかせたりする。つきあった男性は多いけれど、こんなことを感じさせたのは一人しかいない。

「ある日、突然、彼がヨットに乗ってどこかへ行きたいと言い出したら、どうする?」と、聞く人がいる。そうしたら、私は「行ってらっしゃい」と言うしかないだろうと答える。

どこかにほれた人ができてあっちへ行きたい、と言われたら、そのときも、私はまちがいなく「どうぞ」と言うはずだ。イイカッコして言っているわけじゃない。寂しいし、残念だし、がっかりもして、一人で大声あげてワンワン泣くかもしれないが、行きたいというものを止めたってしようがない。だから「どうぞ、どうぞ」というほかはない。そのかわり立場が逆だったら、私もさっさと行ってしまう。

「そんな生活って不安じゃないの?」と、人は言うが、不安でないことなんて全然おもしろくも楽しくもないと、私は思う。着実に一歩一歩という暮らしより、現実から少し離れた空間にプカプカ浮いているほうが、私には向いているらしい。

子のない私たち

つれあいの発熱

ある年の十二月二十五日のことである。クリスマス気分に浸っている、ハワイはマウイ島のホテルのフロントで、私は医者の居場所を確かめていた。

部屋では、つれあいが九度の熱で唸っている。気がせいていた。いつもとは様子がちがうのだ。本人はアスピリンを飲めば熱が下がるというが、私はともかく医者をと走った。

そして一時間後、私たちは、マウイ島唯一の病院、マウイ・メモリアル・ホスピタルの緊急外来に到着した。ホテルの医者が盲腸の疑いがあるからすぐ行けと指示したのだ。

しばらく待たされた後、診断が下って即入院、翌日手術しなければ手遅れになるという。開けてみたら、すでに破裂して腹膜炎のひどい状態だった。

日系人のことを調べる仕事もあった私に、年末なのでつれあいが同行したのだが、着いたその日に発病。手術後、マウイサウスと呼ばれる病棟の四十四号室で回復を待つことになった。

ところが、いつまでたってもガスが出ない。鼻から抜いて小康を得たが、管を抜くとまた、たまる。結局、一月八日に腸閉塞のため再手術をすることになった。すでに二週間近く点滴ばかりで、二度目の手術でつれあいはすっかり憔悴。

一度目の手術は、盲腸だからと呑気にかまえていた私も、口には出さぬが心配で仕方ない。

マウイに知人はなく、医者や看護婦の使う医学英語はわからず不安がつのる。

私もすっかり疲れ、そうなると物事を悪いほうへしか考えない。

もし、万一のことがあって、日本に連れて帰れなくなったら……熱が下がらず、すっかり怒りっぽくなったつれあいの横の椅子に坐ってぼんやり考える。

病室の窓から彼方に見える海は、あくまで蒼い。右手にはハレアカラ火山が長く裾を引いて、ふだんなら、その景色にうっとりするだろう。

だが、その時の私に、そんな余裕はない。「もしこの人がいなくなったら、どんなに淋しいだろう」

一つの家、二つの生活

予想もしなかったことが現実味を帯びて迫ってくる。胸がしめつけられ、なんともいえぬ寂寥感が襲う。

その時はじめて、私はつれあいとの間に、通常、夫婦と呼ばれる形が、出来上がっていたことに気づかされた。

結婚以来、四十年以上の歳月が流れているが、私たちは、それぞれが仕事を持ち、経済は別。たまたま同じ家へ帰るだけという、別々の暮らしが二つ存在しているのだと思っていた。また、そうありたいと粋がってもいたし、実行していると信じてもいた。

だが、実際には本人たちが気づかぬうちに、夫婦というしがらみが、二人の間にも出来上がっていたのだ。できるだけ水くさく、一人一人の暮らしを大事にといっていたのが、二人で一つという生活に知らぬまに馴染んでいた。

そうでなければ、この寂寥感は説明がつかない。

一人になったらどうやって生きればいいのか、私は幼な児のように不安におののいた。

人間はやっぱり一人という淋しさに耐えられないのだろうか。私自身は、そうとう孤独に強い人間だと思ってきたが、しょせんは弱いものだと思い知らされた。

うんざりした図式

「お子さんは?」

「いません」

「あら、それはお淋しいですネ」

その図式にうんざりしていた。いままで、子供がいなくて淋しいなどと考えたことはない。最初からいないのだから、それが当たり前になっている。いるものがいなくなったら淋しいだろう。子供のいる人は、その状態が当たり前だから、いなくなったら歯の抜けたように淋しい。どうやって生きていくかわからぬと思う。

私だって、最愛の猫がいなくなったらと考えただけで気が狂いそうだ。

わが身を考えて子供のいない夫婦はどんなに淋しかろうと、つい「お淋しいでしょう」と言ってしまうのだろう。

ところが、最初からいない身にとっては、いなくなるという感覚がないから「お淋しいでしょう」の意味がわからない。

だが今回、つれあいの突然の手術と一カ月の入院を経て、私自身は、「もし、この人がいなかったら、どんなに淋しいだろう」

と思い知らされた。

相手を好きだとか愛しているとかいうこととは別の、二人の間の関係が出来上がっていることとなのだ。その当たり前が崩れた時、人は動揺し、一人の状態を予想して胸がしめつけられる。

いるものがいなくなることは耐えられない。

つれあいですらそうなのだから、子供ならもっと大きいだろう。私は、ひょっとしたらその淋しさに耐えられそうもない自分を知っていて子供を持たなかったのかもしれない。

心の逃げ道

「お子さんがいらっしゃらない？　じゃ気楽ですネ」

という反応も多い。子供がいないから責任もないし、経済的な負担も少しですむ。一人一人がそれぞれ勝手に暮らせるだろうという意味らしい。

たしかに子供に対する責任や負担はないかもしれないが、それは同時に精神的な逃げ道がないことでもある。

子供のいる家族の場合、夫と妻が向き合うという直線ではなく、子供をはさんで三角形の間柄。夫に直接向き合うのがいやだったり、都合が悪い場合には、子供の側に逃げることができる。

「お父さんたら、ほんとに困ったわねえ、○○ちゃん」

会話の中でも、面と向かって夫に言うと角の立つことでも、子供に向けることで中和される。

「ほんとにしようがないわネ、ねえサガン」

サガンはわが家の猫の名であった。つれあいに文句を言いたい時、よく私の使う手だ。猫でも間に入れると、直に言うよりは柔らかくなる。

子供のいない夫婦というのは、子供に逃げる場がない分だけ、いつも向き合っていなければならない。

子供という緩衝地帯がなく、父、母という役割がない分、常に一対一の緊張感がある。

子供が大きくなって家を出た後、夫と妻だけになり、再び向き合わねばならぬ生活になった時、どうしていいかわからないと、友人が言う。

それまでは、子供がいて、そこへ逃げこむことですんでいたのが、それができない。おまけに長い間に二人だけの会話というのが少なくなってしまっている。

「亭主にうちにいられると、なに喋っていいのか……」

定年になって二人で再び向き合う生活にもどった知人も言っていた。

私たち夫婦の場合、いやおうなく、四十年以上向き合って来たわけだが、しんどさもある半面、緊張感を常に持続せねばならないから、いままでもってきたのだと思う。

私の変化

私のまわりには、子供のいない夫婦が多い。学者夫妻、作家夫妻、画家と編集者夫妻……みな実にいい関係を保っている。内側では、さまざまな葛藤があろうけれど、常に緊張感があるからこそ、片側にだけ重心がかかってしまわずに微妙な均衡が保たれている。

子のない夫婦というのは、シーソーゲームである。夫と妻がそれぞれの板切れの端にのって、どちらが重くなるのでもなく、交互に上がったり下がったりしながら、均衡が保たれていく。

「がんの手術をして元の生活にもどった時から、ほんとうに妻がいとしいと思うようになった」

といった意味のことを、知人の医者が言っていた。

多分、面と向かっては照れくさくて言えないだろうけれど、本音にちがいない。人間は、緊張関係にあればあるほど、その糸がぷつんと切れた時のショックは大きい。一方だけが下がったシーソーは惨めである。

相手が重い病にかかった時、最悪の事態で別れねばならぬ時、はたして耐えられるだろうか。

「いつでも必要とあらば、一人にもどることができる」

と長い間思っていただけに、つれあいが病気になってから、自分を襲った様々な感慨は私には信じられないものだった。

いつまで二人でいられるかわからないのなら、今という時間を精いっぱい過ごしたいと思う。おたがい相手のことは見て見ぬふりをして、干渉せず水くさい関係をと言っていた私が、最近は細かなことまでつれあいに目を配るので、うるさがられている。思いなしか、向こうも以前よりは、私に対する感じが変わったようだ。

父が倒れたり、母が病気になった時、友人の成人した子供たちは、実に頼りがいがある。ふだんはあまり寄りつかなくとも、きびきびと行動し、なにくれとなく面倒を見る。特に女の子はそうだ。

それを見て、風景として「いいな」と思わないといえば嘘になるが、私は私なりに、精いっぱい自分で選んできた。その結果、今があるのだから、何をかいわんやである。

私の場合は、産めば産めただろうが、産まなかった。それは私のエゴであり、私の選択だった。結婚した年が三十六。

もともと体が弱く二年間休学して寝ていたこともあって、体力に自信がなかったのと、もう一つは、私自身が子供の頃、自分が生まれたことを両親に感謝する気持ちになれなかったからだ。

思春期の私は「なぜ私を産んだのか」といって、随分、父母に食ってかかったものだ。今から考えると、多分に甘えだったと思えるのだが、私自身、肯定できなかったものを、私の選択で子供に押しつけることはできないと若い頃の私は考えた。

一言で言えば、親になる自信がなかったのだ。目の前に常に待ち構える仕事があり、私自身を愛し、今の選択を大切にするあまり、子育てという大事業には目が向かなかった。

私の選択

「子供がいない」ということを悲観的にとらえたことはない。むしろ、自分で選んだということには、多少の誇りと快さもある。

友人の成人した娘や息子の姿を見ながら、自分自身に「ざまあみろ」と言って首をすくめるのも悪い気分ではない。

その友人の息子や娘、つれあいの姪や甥がなぜか親には言えないし、わかってもらえないといって相談にくる。私のことを話を聞いてもらえる年上の友人と思っているのだろう。結局は、親にもどるとわかってはいても、束の間、自分もその年代になって話をするのは楽しい。私には親という立場がないから自由で同等に話せる。若い人と話をしてもちっとも違和感がない。だから向こうも話しやすいのだろう。

最近、ノンフィクションを書く上で親から子へ引き継がれる思いの大きさを知らされた。

私の場合も、祖母・母・そして私と引き継いできたものが歴史だと思う。それを伝える子供は私にはいないが、長い歴史の一点ならば、話したり書いたりの中で誰かにどこかで引き継がれればいい。

いや無理に引き継がれずとも、自然に消えるものはそれでいい。

特定の自分の子供にこだわらずにいられる分だけ幸せなのかもしれない。

それならば、自分の人生、最後まで自分で責任を持って片をつけねばならない。

つれあいが先にいなくなるか、私が先かはわからないが、一人になっても、全うする覚悟をしておかなければいけない。

私が残ったとして、できることなら人に迷惑をかけず、自分のものはしかるべき場所への寄付も含めて金も時間も使い切ってしまいたい。

海外旅行で替えた他国の通貨を、その国を離れる時に、ゼロになるように使い切るように。

私はそれが得意なのだ。

3章　私の中の男

男尊女卑の文化の中で

薩摩隼人に薩摩おごじょ

幕末の志士、坂本竜馬を生んだのが高知なら、もう一人の雄、西郷隆盛を生んだ地は鹿児島である。

薩摩隼人に薩摩おごじょ、その組み合わせはなかなか妙である。一見、男尊女卑の典型のようにいわれるが、その実働きもので家をしっかりささえているのは女で、男は女に頭が上がらない。

ただ表向きは、あくまで男をたてて男の悪口は言わない。家の玄関ですら、男の入り口と女の入り口はちがっていて女は表玄関を使わない。洗濯をするたらいも男性用と女性用とでは違っていたという。

すばらしい男のことを、鹿児島では「ぼっけもん」というが、すばらしい女をさす言葉がない。その実すばらしい女はいっぱいいるし、私の知人などは才気煥発、可愛くて美人でしかし表向きは夫をたてている。

その知人がいうには、

「鹿児島の女は気が強くてしぶとい。男がきめたことには黙っておいて、台所でコッブ酒や焼酎をのんでうさ晴らしをする」

何がしぶといかといえば、

「男をたてているようでいて、男を教育し亭主を子供にして気持ちのバランスをとる」

そういえば鹿児島の女性とつきあっていて驚くのは、はっきりと自分の意見をいうこと。控え目といった感じはせず、きちんと自分というものを持っていることだ。「強い」という字は当たらず、「勁《つよ》い」。少しのことでは折れることはなく、たくましくしなやかだ。男たちもそれを十分にわかっていて、ところによっては一年に一度、男が女にサービスをするというユニークな「女講《おんなこう》」がある。

鹿児島県川内の東郷地区で二月に行われる女講では、男と女が入れかわる。男が着物を着て化粧をし、料理、掃除、家の中のあらゆる雑事をやって日頃の女の労をねぎらう。その間、女は何もせず、ごちそうを食べ、焼酎をたらふく飲み、男をこき使ってのんびりと過ごす。それは今も続いているそうだ。

女が表に出ることを嫌ったといっても、芯の勁さはあらわさずにはおれない。古くは天璋院篤姫として知られる島津篤子、志士の母有村れん、乃木希典の妻静子、特筆すべきなのは、初期の社会主義運動に身を投じた勝目テル、などがいる。

だが、ほとんどの女たちは、勁さを内に発揮して家を支えることに情熱を傾けた。いわゆる外へ出ているキャリア・ウーマンは鹿児島では少ないが、実際に仕事をしている女性は多いのだ。内職である。鹿児島という土地柄もっとも多いのが、大島紬の織り、染め、図案合わせと何段階もの工程をそれぞれ分業でやっている。亭主がのんだくれている間に、奥さんが大島紬の内職で家を建てたなど、鹿児島では珍しい話ではない。

また、「枕崎のカツオブシ売り」として有名な枕崎の漁師のおかみさんたちは、夫が漁に出ている間、カツオブシを持って県内をくまなく歩く。その独特のイントネーションのある売り声は、一つの風物詩にもなっている。

西郷隆盛の島妻、愛加那

大島紬の内職で思い出すのが、西郷隆盛の島妻、愛加那である。私は西郷の死後百年の行事の一つとして、埋もれていた愛加那の話をスライドにして上映するための台本を書いたことがあった。

彼女は奄美大島竜郷の人で、大島紬を織っていた。もともとは芭蕉布から始まって、木綿の藍布や大島紬で家計を助けていた。

当時としては大柄で骨格がしっかりとして面長、まゆが濃く目は黒く情熱的。写真は残っていないのだが、愛加那を知るお年寄りの話をもとにかかれた肖像画をみると、しっかりした表情をして琉球風に結いあげた髪に銀のギハ（かんざし）をさしている。ギハは、結婚に際し西郷から贈られたものだった。

五歳で父と別れたが、男勝りの性格で義侠心に富み、二十二、三になる頃には、島の女たちが地主や郷士の家で奴隷のようにこき使われていることに疑問を持っていた。

女一人では、女性を解放したいと思ってもままならず、たまたま島に流されていた西郷に話をして意気投合、愛が芽ばえたという説もある。

だが西郷は、最初は愛加那の親類にあたる愛千代加那に興味があったというが、彼女はすでに夫のある身であったため、西郷の面倒を見ていた竜佐民のはからいで愛加那に白羽の矢がたったという。

私は、愛加那の住いがあって、最初に西郷が声をかけたというあたりの芋畑に行ってみた。海辺のその場所には丈高い草が生い茂り、足をふみ入れるとハブがいそうだった。

島妻とは、当時本土から来た役人等が島にいる間の世話をする女性のことだ。結婚とはいってももちろん戸籍上の妻ではない。島妻、通称「あんご」は島民から俸をうけ、生んだ子は鹿児島で教育され役人にも登用されるので、当時の人々は競って「あんご」をさしだした。

そのことを愛加那がどう思ったかはきくすべがないが、当時としては従わざるを得なかったのだろう。

最初の夜を明かした西郷はふきげんで、「しまった」と叫んだという。佐民らに酔わされて、愛加那を添寝させられたと思ったからだ。だがそれ以後、愛加那のおかげで西郷は島の人々の暮らしに関心をもち、積極的に島の子弟の教育にもたずさわるようになる。「敬天愛人」、島の人々を心から愛する気持ちを目ざめさせたのは愛加那の手柄といってもいい。

西郷は時に来客の前で愛加那を膝にのせて愛撫し、時に酔って愛加那の黒髪をつかんでどなりつける。血気さかんな西郷につきあっていくには愛加那もずいぶんと心をくだいたことだろう。

そして長男菊次郎の誕生、長女菊草をみごもって、新築の家に移った時、西郷に鹿児島召還の知らせがとどく。愛加那は自分の島妻の立場が分かっていたから、いつの日かの別れを予想していたのだろう。西郷の髪の毛が抜けるたびに大切に形見にしまっておいた。その髪の毛は今も竜郷の旧居に残されている。

それからの愛加那は、二人の子供の教育に情熱をそそいだ。西郷から食べるに困らぬ田畑は残されていたが、たった四年間の結婚生活のあと一人になった淋しさはどんなだったか。普通なら再婚ということも考えられるが、西郷の妻ではそれも出来ず、二十八歳からの日々は未亡人に近いものだった。その後、徳之島に再び西郷が流された時と、さらに沖永良部島から許されて鹿児島に帰る途中、奄美に寄った四日間、二人は会うことが出来た。

当時は、島妻を本土に連れて帰ることはなく、まもなく西郷は鹿児島で正妻を迎えている。「敬天愛人」の西郷にして、その「人」の中に「女」が含まれていなかったのだろうか。時代とはいえ、島妻として残された愛加那の気持ちを思うとたまらない。

追いうちをかけるように、菊次郎が九歳の時に鹿児島の西郷家にひきとられ、その後菊草までが、十四歳の時に鹿児島に行ってしまう。

二人の子の教育にうちこんだ愛加那は、生きがいまでも奪われても何も文句を言うことができない。芭蕉布や大島紬の織り方を若い人に教えて愛加那は日を過した。その後養子を迎えるが、明治三十五年、六十六歳で亡くなっている。

私は愛加那の墓を訪ねた。役場で調べてもらった先は、海鳴りのきこえる狭い墓地。墓石に「竜愛子乃墓」とある。畑で倒れていた愛加那を家に運んだ時はすでに息がなかったという。正妻ではないからもちろん西郷家の墓に入れるわけもなく、生まれた家の墓には男しか入れないのがならわしだったから、そこにも入れない。結局行きどころがなく、竜家の墓地に最初は墓石もなく葬られた。みかねた人が、鹿児島から墓石を送ってよこしたのが現在の墓だ。

西南の役での西郷の自害も人の噂で知る。息子菊次郎は、西南の役で足を負傷した。彼は何度も母に手紙を書いているが、娘菊草からは一度も便りがない。そうした運命にもたえて、世を去った。しかし誇りは失わず、竜郷の家で行われた西郷の記念式典には、お召を着てしゃんとして出席していたのを憶えている人も多い。

男は女たちに操られている

愛加那は、西郷の子供として恥ずかしくないよう子供たちをしつけたというが、本土の鹿児島の女たちも多かれ少なかれ、男たちの陰にかくれて目立たぬ存在だった。男のやることには文句をいえず、他の場に力を発揮するしかなかった。その一つが子女の教育である。

鹿児島は教育県であり、とりわけ母親はみな教育熱心である。塾の数は日本一、教育には金を惜しまず、男の子は上の学校にやる。昔は軍人、学校の先生、警察官が多い。貧しい地だから、教育を受けて中央に出なければ帰って来ても食べてはいけない。手塩にかけて育てられた子供、特に男の子にはマザコンが多い。女の最高基準は母親である。食べ物の味、着物の着こなし、生き方、何一つとっても母親が一番である。

知人の不動産会社社長の男性も、その典型である。彼は四歳の時父を亡くし、以後女手一つで商売をし、踊りを趣味とした母親に育てられた。彼に会うと母親の話がいつも出てくる。亡くなった時は、母の骨のひとかけらを持ってスイスのマッターホルンに行き、雪の中に埋めてきた。今も毎朝仏壇の水をかえ、お茶と花をたやさず、四十分読経する。お墓まいりも毎月一日と命日の二二日に欠かさない。他のことには多少ルーズでも、それだけは守る。彼のような男性は鹿児島では珍らしくはない。

鹿児島の男には、母の一言は何より重みがある。ある男性が今度人前で講演すると母にいったら、きびしく諭された。

「ぎんべがたかん真似すんな（銀バエが鷹の真似して不相応なことをするのはよくない）」

鹿児島の男性たちを裏で繰っているのは女たちである。

〝いごっそう〟と〝はちきん〟

〝土佐のはちきん〟

日本でもっとも離婚の多い地域は、北海道であった。高知はたしか第三位、第一位であったこともある。

なぜ北海道に多いかといえば、比較的新しい土地柄であり、地縁血縁によってがんじがらめにしばられていない。離婚したからといって、その地域で仲間はずれにされることもなく、ふつうに地域社会にとけこんで行動できる。同時に女が仕事をするのは当り前で、世間体を気にしない。

おおらかで嘘がなく、働きものである。

高知に離婚の多い理由は、南国の明るさと物にこだわらないあけっぴろげの解放された精神、それはおそらく風土から来るものだろう。

加えて、高知は自由民権運動の発祥地。坂本竜馬、など数々の志士を生み、板垣退助を初めとする自由民権の立役者のふるさと。歴史的にみても女の意識も高く、自立の気概もあった。〝土佐のいごっそう〟と並び称される、〝土佐のはちきん〟とは高知の女のことである。

私は、高知県主催の婦人の集いに講師として講演をした日、招かれた得月楼（宮尾登美子著『陽暉楼』のモデルになった。後年、谷干城が命名した料亭）で夕食をとりながらその意味を聞いてみた。

「男の八分という意味ですろ」

とは土地の男性の意見。

「いやいや手八丁口八丁、男まさりで仕事ができるから……」

県に勤める女性が言う。

「その一面、優しさがあって男をたてる。お金みんな持っていきなと言える頼れる女でしょう」

得月楼に古くから勤める女性の意見。

「そうそう竜馬の姉さんの乙女のような女のことだ」

隣の男性が口をはさむ。

「男四人手玉にとるという意味もあるんですョ。なぜ四人かというと、2キン×4＝8」

といささかエッチな説をこっそり耳うちしてくれたのは土地の芸者さん。

いずれにしろ、表裏なくよく働き、男まさりでよくつくす、そういう高知の女性を言いあてている。

〝はちきん〟という語感からして、はちきれんばかりの元気で気っぷのいい姉ごを想像してしまう。ほんとうにそうした女性が多いのだ。

得月楼の座敷にはこの店の名物である古い見事な梅の鉢植が床の間にかざられていた。食事が一通りすんだところで〝箸けん〟が始まる。こぶしをつき出して箸を何本腕の下に隠しているかをあてるのだが、負けると酒を飲まねばならない。それも置くことのできない盃で、飲み干すより仕方がない。

そうやって遊びながら酒を飲む、目の前でぐいと盃をあげる女性の飲みっぷりの良さ。女がみてもほれぼれする。

高知の女は酒が強い。男も強いが、女の方が強い。毎日、新聞に前夜の飲酒運転者の名前が出るが、けっこう女の名前が多い。

黒潮の洗う南国土佐では女も酒が飲めないといけない。毎年、どろめ（イワシの稚魚）がとれる春、どろめ祭りの折など、大盃で酒の飲みくらべがある。こういう行事では一位を毎年女が占めるものも多い。「どんとこい」といった頼りがいのある土佐の女性が私は大好きだ。

高知へ始めて行った時、私はあるバーでそこのママと飲みくらべをした。

当時私もお酒には自信があり、住んでいた場所の名をとって「荒田のおろち」と呼ばれていた。一升ビンを置いてコップ酒。いくらのんでも酔わなかったから、つい誘いに乗ったのだ。

「強いんでしょ」

ときくと、

「いやたいしたことないですョ」

という言葉をう飲みにして始めたら、強いこと強いこと。

「うわがばむ」とはこのこと、いくら飲んでも平然としている。

その日はなんとか私も持ちこたえたが、翌日は完全にアウト。ほうほうの体で飛行機にのって東京へ逃げ帰った。

翌日、はちきんのママは、ケロッとした顔で、「大丈夫だったかなァ」と私を案じていたという。

楠瀬喜多の婦人参政権運動

以前から私には、高知の女性について知りたいことがあった。ある記事の切りぬきを見たからだ。

「自由民権運動の最中、高知では婦人の参政権を訴えて、演説をする女がいた」という意味のことが書かれていた。確か名前も記されていたようだが。

私は県につとめる女性にそのことをたずね、何か資料がないかを聞いた。そしてドメス出版から出されている外崎光広著『高知県婦人解放運動史』を紹介された。明治からの高知県での女性解放を歴史的に細かく調べたその本の中で、私は気になっていた女性の名を探し求めた。しかし、高知で最初に政治的・社会的行動をした女性の名は分っていない。

『大坂日報』明治十一年八月十四日付で土佐州会の記事の中に、「最も奇とすべきは、傍聴人の内に一婦人あり、こは某氏の細君にて、最も民権に熱心なる人なるが、一日怠りなく弁当を携えて傍聴に出掛けるよし」と書かれている。土佐州会とは板垣退助、植木枝盛らが組織した地方議会だったが、こういう場に女がいること自体がその時代は奇だったのである。

翌月、明治十一年九月には婦人参政権に特筆されるべき楠瀬喜多の行動がある。楠瀬喜多は未亡人で、したがって戸主なので区会議員の選挙に、投票をしたいと区務所に申し出た。区務所はおどろいて、戸主ではあっても女には議員を選挙する権利はないという。その理由は、戸主であっても女は保証人になる権利がないのと同じだという。喜多の投票は拒否されたのだ。

喜多はそれなら、女の戸主は「男の戸主と同様に戸税を納める義務はない」と言って税金を納めなかった。高知県庁からの督促を逆手にとって、明治十一年九月十六日付で「納税の儀に付御指令願の事」の伺を出す。

女であろうと戸主なら男の戸主と同権と思うが、女には区会議員の選挙権もなくて、保証人にもなれないという。権利と義務は両立すべきだから納税の義務があるなら選挙権がなければならない、選挙権がないのに納税の義務があるのはおかしい、公平とは思えないと申したてた。

これに対して答は、男には兵役の義務があるのに女にはないから男女は同権でないというものだった。しかし戸主の場合男でも兵役免除があるのだから、説明は納得がいかない。喜多は、男女同権なら税金は収めるが、同権でないなら男と同じに税金は納められないから、男女の権利について説明して欲しいとくいさがる。

県は、九月二十一日「納税は国が定める義務で権利によって軽重をはかれないから未納のものをすぐ納めよ。ただし保証人をたてる事はさしつかえない」という。喜多はこれにも納得せず、内務省にかけあう。

『東京日々新聞』はこう書いている。

「明治十年から立志社の演説会に、寒暑風雨をも厭わず会毎に出席しければ自ら人間の権利義務など言へぬことも悟り得た。」

このように、実際に行動を起こして、権利と義務の観点から矛盾をついた喜多は、当時の民権論者をはるかにこえていたということができる。民権論者の植木枝盛は、この事件に影響をうけて明治十二年に男女同権を主張し始めるのだ。

土佐女の正義感と行動力

女たちのやり方は、いつも現実から発している。身近な疑問から大きな問題点にたちむかう。

男はいつも大義名分を重んじ、理想をかかげ、論理が先にくるが、女はそれをとびこえて行動する。そこがすばらしいところなのだ。

明治十一年、高知女子師範学校ができる。

明治十三年、高知の上街と小高阪村が、全国に先がけて婦人に町村会議員の選挙権と被選挙権を与えた町村会規則を制定する。二十歳以上の住民は、戸主非戸主、男女の別なく町会議員になる資格があり、選挙権も二十歳以上の戸主なら男女を問わず与えられた。

当時の高知県令は、これに反対し、どちらからも女を除くべしという。上街町会はそれに対しはげしく政治闘争をはじめ、ついに婦人参政権は実現する。その結果は、「男子にして婦女に投票し、婦女も亦男子に投票したもの少からず」

ということだから、高知というところは、女の意識だけでなく、男の意識も高く、お互いに協力しあって最初の婦人参政権を得ることができたのだった。

〝いごっそう〟と〝はちきん〟は、表と裏。常にお互いを尊重しあってきたのだ。

ただ、楠瀬喜多が立志社の植木枝盛などと同様に、高知内だけでなく徳島や高松まで遊説したといわれているのは、つくり話だと外崎光広氏は言う。どこにも文献にないからだ。

「土佐は民権発祥の地。女性演説家がなぜあらわれないか」という投書もある位で、公衆の前で権利を主張することのできる女性民権家があらわれるのはその後しばらく時間を必要とした。

土佐の女の正義感と行動力、それは今も一般の女性にひきつがれ、倉橋由美子、大原富枝、宮尾登美子といった個性ある女性作家を輩出している。

女は変わっていくもの

友人知人の息子・娘が結婚の年頃を迎えている。女性は引く手あまただが、男性は結婚難だと言う。

それはそうだ。女は日に日に変わっているが、男は変わらない。いや変わらない男が多い。正確に言えば、学生時代は、自由な考え方をしているのに、会社人間になった途端、先輩の朱に交わって、枠にはまっていく。女性に対する態度も、考え方も相変わらず。

そこへ行くと女性は四十、五十になっても変わる。時代とともに結婚観も仕事に対しても。明治、大正、昭和と、自分らしく生きたいという願いを引き継ぎ、自由に花開こうとする。国際婦人年後の目覚ましい変化によって、女と男の考え方のギャップがますます大きくなっている。

男たちよ。女は変わっているのです。それに気づかず古い特権に寄りかかっていると置いていかれる。

経営者や管理職の男性がよく言う。「女がわからない……」と。女を分かろうなんておこがましい。女を分かるのでなく、個人を分かろうとすればよい。男に対していつもしているように、女の一人一人、個と対すればいい。大義だの正義だの振りかざす前に、なぜ身近な、妻や娘など大切な存在を分かろうとしないのだろうか。

男の手

男の手を見るのが好きだ。顔は表情や言葉でごまかしがきくが、手は、何もいわずにその人の人生を物語っている。

子どもは父の背を見て育つというところを見ると、男の背中は、その人の生き方を示しているということなのだろうけれど、私は背中よりむしろ手の方に興味がある。

バーなどで、グラスにそえられた手、コンピューターを操作する指、会議でとうとうと話をする人の膝におかれた手を、それとなくながめてしまう。

男の手には人生が滲み出ている。女の手も同じなのだが、女の場合、マニキュアをしたり、指輪をしたりごまかしがほどこされているが、男の手にはそれがない。もっとも最近はマニキュア、指輪共にある男の手も増えてはきたが。

ある時、私はお茶を飲みながら、目の前の男性の手を何気なく見てハッとした。

そのひとは、文壇の貴公子といわれるほど甘く憂愁を漂わせた雰囲気を持ち、女性ファンも多いのだが、その手は、顔や雰囲気とは似ても似つかぬがっしりとした手だった。肉体労働を仕事とする人としか、その手からの想像では出来ないだろう。

私には分かった。その作家の手は、彼が苦労をして大学に通い、その後作家として認められるまでの人生を物語っているのだ。

あらゆる労働をし、自分の血を売ることまでして生きぬいた厳しい人生は、成功した後も、その手に痕跡をのこしている。顔と手のアンバランスは、私にとって衝撃的であり、深く心にのこった。

その頃から、男の手を見る癖がついてしまったようだ。一見繊細に見える男性が、丸い女のように肉付きのいい手をしていたり、顔はいかめしく、理くつばかりこねている人の手が、意外にも繊細で、指が長くほっそりしていたり…そこからその人の人生を考えるのも楽しい。

石川啄木は、「はたらけど　はたらけど　猶わが生活《くらし》楽にならざり　ぢっと手を見る」とうたったけれど、じっと己が手を見れば、その人生が滲んでくるかもしれない。

いままで私が観察したところによれば、おおむね、男の手は、節が高く、血管が浮出たりしてはいても、どこかに神経質なところがある。

男の方が、はるかに神経が細かいことの証拠かもしれない。

まわりの男性をながめてみても、男の方が細かいことに気がつく。女の方がおおざっぱで、どーんとしている。それでなければとても子どもを生んだりすることは出来ないという説もある。

我が家でも、つれあいの方がはるかに細やかで、よく気がつく。私の方はといえば、そうしたことは苦手である。特に他人への気のつかいようは、男の方が訓練が出来ている。社会の中でもまれるうちに自然になったのか、本来のものなのか私には分からないが。

細かい仕事だから、女性にむくのではないかといわれるのは、逆ではないだろうか。細かい仕事はかえって、神経のいきとどいた男性にむく場合だって多い。もちろん、男とか女とかいうより個人差なのだろうけれど。

男の方が神経が細かいという現象はさまざまなところにあらわれる。その一つが警戒心。恋人とデート中でも、つねに周囲に気を配っているのは、男性の方だ。自分が守らねば、保護せねばという気持ちが働くのかもしれないが、いつも周りの状勢に気を配っている。

かつて、テレビ番組で高視聴率を誇ったものに、「蒸発」を扱ったものがあった。ワイドショーなどで、特別コーナーとしてもうけられていて、そこに蒸発した人を探す男女が登場して、蒸発した人物に帰ってきてほしいと呼びかけるというものだった。

一番多かったのが「蒸発した夫や妻を探して」というケースだったが、その番組が放送された結果は、男と女では全くちがっていた。

妻が夫に「帰ってきて」と訴えると、必ず何らかの反応があり、もとにもどろうと努力する男性は多い。

ところが女が出ていった場合。夫なり、男がいくら訴えても、女からはほとんど反応がなく、もとにもどることなどまずない。

男の方が未練がましいのか、社会的責任のなせるわざなのかは分からないが、もとにもどることが多いのだ。

離婚した友人、知人の話をきいても、男はどこかに感傷や未練をのこしているのに、女はきれいさっぱりだという。

最近も、一人暮らしの知人の男性が亡くなって、まわりの人はみなずっと前に離婚したときいていたのにまだ籍は残っていて、驚いたことがある。

逆に女の方は、かつて結婚していて一緒に暮らした男に、十年ぶりに声かけられて、誰だか全くわからなかったという例など、いくらでもある。それだけを見て、男の方が情が細やかだという気はないが、女は一度こうときめたらあまり後はふりむかない。開き直って新しい人生を生きるというところがある。そうしなければ、生きてはいけないからかもしれない。

男は口や態度では、いろいろ理くつをこねたりえらそうにふるまったりするが、ほんとうは心優しく、繊細なのだろう。

若い女性たちが、結婚の相手に、「優しい人」を求めるのも、あながち本質をついていないことはない。

いくらごまかそうとしても、男の手は、その人の人生を物語っている。そしてもっとよく見ると、そのひとの情感や優しさを語っている。一度よく手をながめてみてはどうだろう。

男は夢にこだわる生き物

男性のどこが好きかときかれれば、何か一つのものにこだわるところと答えるだろう。凝り性は、だんぜん男性に多い。それも非現実的なことや、役にもたたないことを後生大事にするところ。

言葉をかえれば、人にはわからぬ、自分だけの夢を食べているところといいかえてもいい。

世の中にマニアとかコレクターは多いが、ほとんどが男である。なぜか女には、マニアやコレクターが少ない。

女の方が現実的で、目の前の事象を追うのに比べて、男は、少年の日の夢にこだわっている。お尻にまだ青いあざをつけたまま大人になっている。どこかに大人になりきらない部分があるということだろうか。

女にマニアやコレクターが少ないのは、女がもともと現実的だったのではなくて、現実的にならざるを得なかっただけだと思うのだが、少なくとも現在は、女にはマニアやコレクターがほとんどいない。

ボーボワールを持ち出すまでもなく、女は女として作られた部分があり、特に日本では最近まで、女のするべき仕事として、家事やら家計やらをまかされて、自分の夢をあきらめ、なくしてしまうことが多かった。これからは、子どもの頃や少女時代の夢を持ちつづける人が増えてくるだろうから、自然とマニアやコレクターも増えてくるだろう。いままでは、それだけのゆとりが持てなかっただけだ。

男は、現実の社会で生きながら、どこかで自分の世界を持ちつづけようとしてきたし、それが許されてきた。

まわりをみまわしても、すぐみつかる。休みになると、幻の蝶を求めてどこかへ出かけてしまう人。電車が好きで、電車の見える所へ引越して歩く人。飛行機のプラモデルを年をとってもひたすら作っている人。

他の人の入りこめない自分だけの世界、女房、子どもといえどもそこへは絶対入りこむことが出来ない。

私の若かりし頃の恋人は、懐中時計に凝っていて、時間を見るたびに、じゃらじゃらと音をさせて鎖を引き出し、丸い古びた懐中時計を見ていた。私はそこがたまらなく好きだった。キザで子どもっぽいけれど、自分の好きなものに凝っている。その男《ひと》

が可愛く思えた。鎖を引き出す瞬間、彼は現実から足をはなして、少年にもどってい
く。それを見て、女は男に惚れるものだ。

斎藤茂太氏は、精神科医で、いうまでもなく歌人斎藤茂吉の長男である。沢山のエ
ッセイも書いているし、旅行好きで、旅行作家協会の会長でもあった。私が副会長だ
ったので、何度か奥様ともども外国に御一緒させていただいた。

時間が出来ると斎藤茂太氏は、まっさきに飛行機を見に行く。飛行機マニアであり、
博物館などで昔の飛行機などを見ている目は少年の目だ。奥様もたいてい一緒。私は
とりわけ飛行機に興味があるわけではないが、お供をして出かけると、なんだか楽し
くなる。少年のような目を見ることが嬉しいのだ。

「あ、いいなあ！」とこちらまで幸せな気分になる。

いくら年をとっても、少年の日の夢を持ちつづけられることが、どんなに素敵なこ
とか。

府中にある斎藤邸にお邪魔をしたことがあった。リビングルームの片隅に、背もた
れの高い椅子がある。よく見るとそれは、飛行機会社からいらなくなったものを払い

下げてもらったという、飛行機の座席であった。棚の上から機長の帽子をとってかぶり、座席に腰かけて、シートベルトを締める。私も隣の席に座ってシートベルトを締める。まあその時の、斎藤氏の楽しそうな顔。

いつまでも少年の日の夢を持ち続けられる男性は若い。心が若いのだから、肉体も若々しくなる。

人になんと思われようと何の役にたつかといわれようと自分の世界を持ちたい。もう書けなくなったちびた鉛筆をひたすら集めることでも、机の引き出しに拾ってきた小石を溜め込むことでもなんでもいい。

仕事で忙しい間でも自分の世界に戻ってリフレッシュできるし、特に退職後はもっとのめり込むことができる、列車の時刻表が好きで、丹念に眺め、研究し、老後、旅の評論家になった人もいる。自分の世界を持ってすることがあれば、粗大ゴミ扱いされることも少ないし、時間ができる老後は楽しく、若々しいものになるだろう。

何か一つことにこだわる男性、特にそれが家の中の事に限られると「オタク」よばわりされるけれど、夢を持つ「オタク」ならどこが悪い。おおいばりでやって欲しい。

私の友人にもパリへもローマへも行かないのに、どこの街角にどんな店があってと、行った人より詳しい男がいる。それもまた楽しいではないか。

最近男性も現実的になって、少年の日の夢をばかにして、捨て去る人がいるのは、本当に淋しい。ゆとりも遊び心も、自分自身の世界も失うことなのだから。

女房や、恋人がちっとも理解してくれない。せっかく集めたものを捨てたり、お金のムダづかい呼ばわりすると言うのは、男の持つ自分だけの世界や夢への、女の嫉妬と羨望のあらわれなのだ。

男の居場所

家に居場所がないと、嘆く男性が多いという。たまの休みになっても、家にいるとどうもおちつかない。二、三日休みが続くともういけない。夏休みなど長くなると、ますます困る。早く職場にもどりたくなる。折角会社で長期休暇を決めても、落ち着いて家にいることが出来ない。一週間も休みが続くと、必ず一度は、会社に電話をかけてしまうという。

「じっとがまんしてるんですが、一日に一回、電話に手がのびてしまうんですよ」

友人のI氏も、情けなさそうに言っていた。いかに会社人間になり切っているかを思い知らされたというのだ。会社がなくなったら、自分の居場所はどこにあるのか、真剣に悩んだという。

十年勤務のごほうびとして、一カ月の休みをもらった知人がいる。そのF氏は、一カ月のうちに三回、さりげなく会社に電話をし、二回、会社の同僚を呼び出して飲んだという。女なら、会社の事を忘れて、一カ月海外にでも行ってくるのに……。

「会社がどうなっているか聞きたいから」とか「家にいてもすることがないから」と正直に言えないので、なんだかんだと理くつをつけて、会ったという。そして同僚と話をしながら、会社の様子をそれとなく聞き出す。会社の中の居場所の方が、はるかに家の中の居場所より大事なのだ。

会社にいて、自分の家の居場所がなくならないかと不安がる人は、少ないだろう。

だがほんとうは、自分の家での居場所を確かめておかないとたいへんなことになる。最近多い熟年離婚、ある時、まさかと思っていた女房から三下り半をつきつけられて……などというのは、家の中の居場所を確かめて、家の中での存在を主張しておかないから起きることなのだ。

先日、ある統計を見ていたら、男の家での居場所の順位が出ていた。一位は、リビングルームというか居間。それはあたりまえとして、三位にトイレの中というのがあったのには、驚いたり、笑ったり。あの狭い空間だけが、自分の息のつける場所ということなのだろうか。

家は、男のいるべき空間ではなく、女や子どもの空間ということになるだろうか。「自分の居場所がない」と嘆くのは、いかにも、女房・子どもが占領しているように聞こえるが、実は自分が、家での居場所を放棄してきた結果なのだ。いくら忙しくとも、努力して自分の居場所を確保し、家での顔をとりもどしておけば、違和感はないはず、トイレの中に逃げこむこともない。

よく、「男の顔は履歴書」というけれど、決してほめ言葉ではないと私は思っている。

男の顔はまさに履歴そのもの、それも会社の履歴、はっきりいえば、仕事の内容、肩書によって見事に変わってくるといわざるを得ない。

大学や高校の同窓会に出かけてみると一目でわかる。この人はどんな仕事で、どんな地位なのかが。よく見ないと、すっかり顔がかわって、誰だかわからない。

そこへいくと女は、太ったとか、多少皺が増えた程度で、昔の自分の顔をもっているからすぐわかる。その分、女が進歩がないとはいえるかもしれないが、履歴によって自分の顔をなくさないことは事実だ。

友人の女性で、副社長やら重役になった人を見ていても、同じである。完全に履歴書の顔になってはいないし、一方に自分の顔がある。多分、自分の居場所を、家にもっているせいではないかと思う。

定年になってあわてて、家に自分の居場所を捜そうとしても、もはや手遅れ、長い間にがっちりと固められた中に入りこむことはむずかしい。

男も、当然のことながら、自分の顔をとりもどす場をもっていなければならない。

そのためには、どんなコーナーでもいい、自分の場所があること。リビングルームなどでも、しっかりと自分の場を確保しておくことだ。

昔は、いろりのまわりに自分の場所がきまっていて、とと座とか、かか座とか、場所があった。たいていの中流家庭には、書斎というのがあって、その部屋は、男の居場所であった。

私の家でも、父が書斎にいて、本など読んだり、手紙や書類に目を通したり、書いたりしている時には、邪魔にならないように、そっと廊下を通りすぎたものだ。足音をしのばせて。

書斎という呼び名があったということは、家の中にそうした部屋があったということだ。むしろ女の方が自分の場所がなかったり、部屋などなかった。

今、書斎と呼ばれる部屋がある家はどの位あるだろう。子供部屋は、みな個室というのに、大人の居場所がない。特に男の居場所がないのは悲しい。

家を建てたり、マンションを買ったりする時は、おおいに男の意見をいいたい。自分の居場所を確保する努力をしたい。自分も家庭の一員なのだと主張したい。

めんどうだとか、妻にまかせておいた方が無難だとか言っていると、自分の居場所がなくならないともかぎらない。自分の希望はこうだとはっきり言うべきだと思う。家の中の事は女房にまかせて……というのが、男の家庭への無関心を生み、やがて自分の居場所をなくすことにつながっていく。

専業主婦の女性の場合でも、夫との対話や、存在を大事にしたいと思っている。家の中での存在を主張し、男の意見をいい、居場所をもち、会社以外の自分の顔をもつ男性を、女性は歓迎していることを忘れていただいては困る。

男の恐れる家

定年退職後の男性の呼び名がいくつかある。「粗大ゴミ」「粗大生ゴミ」「産業廃棄物」「ぬれ落ち葉」、さらに「恐怖のわし」というのがあった。なぜかというと、奥さんがどこかへ出かけようとすると、「わしも行く」とついてくるからだという。自分で自分の行き場所をみつけられない。自分のするべきことがない状態だ。

女には、そういう呼ばれ方はない。仕事をしている時はいいが、仕事がなくなったらすることが無いのは男なのだ。女は最後まで家事がついてまわるから、することがなくならない。することがあることがどんなにありがたいことか。家の中ですることがあることが大事だ。

自分の居場所を家の中にみつけるには、するべきことを持つこと。何でもいい家事を一つ分担すること。家事といったって、食事をつくったり、掃除をするだけではない。衣食住教育経済、あらゆることを含んでいる。その中の一つくらい、自分の好きなことを見つけておきたい。

高齢化社会のシンポジウムで御一緒した映画監督の羽仁進氏は、家にいる時は、皿洗いをしているという。心をみがくように大切にお皿をみがく、こんな大事な仕事を女子どもにまかせてはおけないといわれた。外の仕事だけが価値があるのではない。家の中に価値のある仕事がある。外から内へ価値の転換をはかることが大事なのだ。

我が家にも男性が一人いる。私のつれあいだが、すでに価値の転換がはかれていて、料理をつくるのが大好きだ。好きだから上手で、結婚する前、私が訪問したら、トントンと台所で器用に刻んでおいしいものをつくってくれたので一緒に暮らすことにしたとは何度も書いた。私はあまり細い事が得意ではなく、料理も苦手なので、ほとんどはつれあいがつくる。その時は私が後片付け。おおいにおだててつくってもらう。男は凝り性だから献立を考え、買物に行き、つくり、盛りつけ、手をぬかない。

材料をそろえるのに、お金を使いすぎることはあるが、それも馴れてくれば経済的に買うようになる。女房族は、たまに亭主が買物に行くとお金を使いすぎるとか、焦がしたとか文句をいうが、それが「やーめた」という原因になる。長い目で育てることが大切なのだ。

家事についてもどれが男の仕事、女の仕事ということはない。好きなこと、得意なことをやればいい。ましてや家事は女の仕事などときめることは全くない。つれあいも料理は仕事の気晴らしになるという。男も女もそうした役割から自分を解放しないと何事もはじまらない。

女房が専業主婦の場合には、一つでも二つでも男に譲ればいい。嫌いなことは長続きしないから、好きなこと、興味のあることをみつける。衣食住教育経済は生活の土台だから、何かみつかる。

例えば、日曜大工が好きな人は、どこか家の中をこわしておくとか、植物が好きな人は、庭の手入れ、水やりなどを日課とする。経理にたんのうなら、家計簿を見て、より経済的に暮らす方法など、一つ家事に参加しておく、それが、家の中で居場所を確保するコツである。

私が子どもの頃は、家の前の道の掃除をしないと叱られたし、父も一番背が高いのでふとんをあげるのが仕事だった。たまたま住みこみのお手伝いさんがいたのだが、それでも家の事を一つずつ分担してやるのは当たり前だった。子どもの時から勉強させすればいいのではなく、家事に参加することが将来につながっていく。男の子だって女の子だって同じことだ。

外だけが男の居場所と心得ていると、いつかしっぺ返しがくる。定年になってからでは遅い。仕事をしている時から、家の中にするべきことと居場所をみつけておきたい。

老後誰をあてにするかという統計をみていたら、男のほとんど、八九%もの人が、女房だった。その女房殿はというと亭主をあてにするというのは一〇%足らず、誰も亭主のことをあてになどしていない。

女は自分で身のまわりのことが自分で出来るから強いのだ。

身のまわりのことは全て女房まかせ、下着や靴下のありかもしらないという男性が、奥さんに先だたれたらどうなるか。すっかり気落ちして、後追いをするケースが多く、平均あと二年という数字があるという。

御主人が先になくなるとどうか。奥さんは、あと二〇年といわれて生き生きしてしまう。いままで出かけなかった旅行にも行き、自由に動きまわる。そうした例はいくらでもある。

口惜しかったら、男性も家事の一つを自分のものにすること。家に居場所を持つ楽しみを覚えることだ。家事を女房から奪還せよ。それが男にとっての急務だ。それでなければ、老後は暗く早死にする。女八七・〇五歳、男八〇・七九歳と女の方が長生きなのは、一つには、女が最後まですることがなくならないのが理由だと思う。

その気になってやれば、男の方がうまいのだ。凝り性だから、料理だってとことんやる。コックや板さんはほとんどが男だし、出来ないものはない。

将来を考えて、今から自分の居場所を家の中に確保できるかどうか、その人自身にかかっている。固定観念にしばられず、自由にナイーヴに自分の生き方を考えたい。

男の大義名分

私は常々、男と女の差ではなく、個人差であるといっている。管理能力だって今のところは、長い間の経験がものを言って男の方が優れているケースが多いが、女だって個人によっては見事に出来る人もいるし、男だって向いていない人はいる。

ただ長い間、仕事場で男と女の仕事ぶりを見ていて、一つちがうなあと思うことがある。男はいつも縦社会の中でどのあたりに自分が位置しているかの意識があって、その自分の位置を考えた上で発言したり、行動したりする。常に自分の位置を確かめているが、女にはあまりない。

社会の中でまだ毒されていないといえばきこえはいいが、訓練が出来ていないといういい方も出来る。

女の場合、地位のために仕事をすることはあまりないが、男の場合は、目の前に次なる位置、すなわち、課長とか部長とか、重役とかいったものをぶらさげて、その目的に向かって努力する。派閥や、誰それの系列につながるというのも、自分の位置を確認する作業だ。

女の場合は、幸か不幸かそこから外れている。会社内の位置よりも個人が優先する。彼女がいかに有能であっても、たいていの場合、次なる地位のために仕事をしているというよりも、自分自身のためなのである。

その仕事が好きだ。少しでも自分を発揮して生き生きと暮らしたい。その方が優先する。自分のためにやっているうちに、結果として業績が上がり、会社は喜び、客も喜び、彼女の地位は上がる。男のように地位を上げるために努力するのではなく、結果として上がる。全く逆なのである。

そう、男は自分の地位のために仕事をするが、女は自分のために仕事をする。このあたりが根本的にちがう。

私の友人にも、会社の副社長、重役、あるいは責任ある位置にいる人たちが何人もいるが、社長になりたい、重役になりたいと思ったわけではないと、みな言う。

自分は仕事が好きで、そこで精一杯、自分らしく生きたいと思ってやっていたら、結果として、重役や副社長になったという。自分のために仕事をするという意味から考えると、どうも女の方が純粋だ。最初から重要ポストや肩書が欲しかったわけではない。

男は大義名分が好きだ。会社のため、国のためと何かがつかないと、なかなか動かない。政治家を見ていると一番よくわかる。国民のためとか日本国のためとかいう。気安く国民のためなどといって欲しくはない。国民のためを連発する人ほど、実は、私利私欲のためというケースが少なくない。他を省みず、自分の国だけよければというケースも多く、だから挙国一致などという言葉も出てくる。女はそんなことはいわない。

国のため、会社のため、という大義名分のためだけに働いていると、結局、自分の国だけ、会社だけよければ、業績が上がればということになって、他の国へ行って森林を伐採し、環境を破壊しても平気という結果にもなる。

私は男ももっと大義名分などというめんどうなものはなくして、自分のために仕事をしたらどうかと思う。自分が生き生きと暮らすためと、原点を自分にもってくると、一人の人間にとっての快さ、好ましさ、命の大事さといったことから好きという価値観がかわってくるのではなかろうか。

経済効率一辺倒でない考え方も、もっと個人から発した方がわかりやすい。大義名分をかかげ、次なる目標をかかげ、それに向かってまい進する中からは、ほんとうの人間らしい生き方は出来てこない。

会社に勤めている間は、まだ自分の位置を確かめることが出来るだろうが、その軸がなくなって定年などで、個人になってみると、何をしていいのかわからぬことにもなりかねない。もっと個人の顔を持って、あまり大義名分をかかげない方がラクではなかろうか。

自分の地位にこだわるから、肩書が大事になる。男の名刺を見ると、必ずといっていいほど肩書があり、中にはいくつもいくつも書き連ねている人も多い。どうしてこんなものまでと思うものも書かれている。

国の審議会委員などになりたがるのも男が多い。私もいくつかやったことがあるが、それは自分の本職とはちがうから、名刺に刷ったりしない。それどころか、私の場合は、個人で仕事をする人間だから、肩書はいっさいない。名刺には、名前と連絡先があるだけだ。

ところが、男性の名刺を見ると、国の審議会委員などなど名刺に刷られている。私にはそれがわからない。肩書が好きということは、自分が今会社や社会の中のどの位置にいるかということを外に向かって、明示しないではいられないということだろう。

地方へ講演に行くと、県議会議員とか、その字が名前より大きく刷られている名刺をもらう。そのたびに思わずその人の顔を見てしまう。あ、この人は肩書のために生きてるだけで、ほんとうの自分のためには生きていないのだなと思う。肩書だけの男の顔が、壇上の来賓の席に、大きな造花をつけて笑っているのを見ると、ぞっとする。

もっと肩書を外して、自分のために生きようよ。そうすれば、位置の上下でへいこらすることもなく、卑くつになることもない。いばることもなければ、人を見下すこともなくなるのではなかろうか。

男の酒の違い

親しい小料理屋へ行ったら、最近は客が減ったという。五月の連休前後は、特にひどくて、一週間一人も客のこない日があったとか。なま物を扱うだけに、仕入れたものがほとんど無駄になる。話をきいて気の毒になった。

かつてこの店めがけて来ていたお父さんたちはいったいどこへ行ったのか。格別おいしい店だけに、私も心配になる。

なぜ減ったかといえば、社用がなくなったからだという。接待費が大幅に削られ、酒を飲む機会が少なくなったのだろう。さもなくば、もっと安いところですます算段なのだろう。

いかに多くの接待費が使われ、それで飲んでいる人が多かったかという証明でもある。

毎晩接待で遅くまで酒を飲んで、それも仕事のうちと心得ている男性のいかに多いことか。会社の金で相手に気をつかって飲むなんて、酒もおいしくはないだろう。私もかつて「おろち」と仇名されたほど酒が好きだったが、酒は自腹で飲んでこそ楽しい。大量に接待費など使う会社にいたことがないので、酒は自分で飲むものだと心得ている。

毎日社用で酒など飲んでいては感覚がマヒするにちがいない。自分の金でもないのに気前よく使い、あるいは接待されて、部長だの課長だのと持ち上げられて、自分が偉くなった気になっていると、それが当たり前になってくる。こんなに社の接待やら社用の多い国は、欧米には少ないのではないか。自腹を切るべきものも、社用ですませる。

そんなところから汚職の数々は生まれてくる。理由もなく物をもらうのが当たり前、贈るのも当たり前、ご馳走になるのもご馳走するのもみな社用と考えるところから、神経がおかしくなる。議員の汚職もその一つ。権力のある所へ、少しでも便宜をはかってもらおうと金品を贈り接待をし、その見返りを期待する。

毎日のように、社用の名の下にくり返されている。

社用の接待が少なくなったということはいいことだ。はた目にも、社用らしい男ばかりが連れ立って、ハイヤーやタクシーを降り、料理屋やレストランに入っていく図は異様である。

女は群れるとか連なるとかいわれるが、男だって連なっている。社用と称して連なっている男たちは決して美しくはない。女が連なるのは、プライベートの場だが、男が連なるのは、仕事の場だ。

その仕事の延長で、酒を飲んでいる図ははた目にも快いものではない。

では社用の減った分、お父さんたちは、どこで過ごしているのだろうか。

一人で駅前の赤ちょうちんをのぞいたり、親しい友人と二、三人で酒くみかわしたり、本来の酒を飲む図にもどってきているのではなかろうか。自腹で、自分の身の丈に合った所で酒を飲んでこそ、酒の味も分かるというもの。ある時は、ほろ苦く、ある時は陽気に、そしてある時は孤独に、ある時は、偶然隣り合った人と乾杯し、それでこそ酒の味だ。

社用の酒にはほんとうの酒の味がない。男の酒はすべからく孤独でありたい。

最近は早く家に帰って、テレビを見るのが楽しみという人も多いようだ。

特に夏場にかけては、枝豆とビールで、ねころがってプロ野球を見るお父さんたちが増える。いや最近はＪリーグという人もいるだろう。Ｊリーグにはビールと枝豆は似合わない。さて何がふさわしいのか……。

家で枝豆、ビール、プロ野球の三点セットの好きなサラリーマンの典型のような姿がかつては嫌いだったが、ドブねずみの背広姿が肩そびやかし夜の町を連なって社用という名目で歩く異様な姿よりは、はるかにほほえましい。

以前、「女房酔わせてどうするの」というウイスキーのＴＶＣＭがあったが、これも男同士の社用の酒よりは、正常な姿だろう。いままで日本では、サラリーマンのイメージが出来上がっていた。男は仕事で酒を飲むもの、早く家へ帰って女房や子どもと酒や食事というのはどこか恥ずべきものという考えがあった。そうした考え方こそ異常だ。そうしたことに気づかせてくれたのも、時代のおかげ、バブル再来を夢みるなどとんでもない話だ。

最近、大手の商社に総合職として入った友人の娘が言っていた。毎晩帰りが、一時、二時、その理由は、社用の宴会につきあわねばならず、宴会の席でビールをついだり、水割りを作らされたり。接待のホステスの費用を削った分、自社の女子社員を使っているとしたらとんでもない話だ。なんとなさけない会社なのだろう。バブルがはじけた時期を反省に使うことなしに、ちがう形の社用が増えているとは……。

まだ寒さの残る三月の明け方であった。マンションの戸の外で男の声がした。「なぜ開けてくれないんだ。なぜ、なぜ……」と声がする。隣のドアの前らしい。しばらくしてまた戸をたたく。「開けてくれ、……寒いよ、クシュン」どうやら社用で飲んだくれて明け方帰宅の御主人が閉め出されたらしい。それとも酔っ払いがまぎれこんだのか。しばらくして声がしなくなって戸を開けたらだれもいなくなっていた。あとで聞いてみたら。同じような棟のあるマンションなので、自分の家をまちがえた主人が、隣のドアの前で哀願していたのだとわかった。

「だから女は！」へ

車に乗っていると、つれあいが叫ぶ。
「やっぱり女だ。いったいどっちへ行きたいのだか、ふらふらしててわからないんだよナ」

前を行く車のことをいっているらしい。女の運転は、いざという時の決断がわるくて、後ろで運転するのが恐いということらしい。
「たしかに今の段階では、女の方が社会的訓練が出来ていなくて、判断がわるいケースが多いけれど、そうじゃない女性もふえてるんだから『やっぱり女だ』という言い方はどうかと思う」

と私は、言わずもがなの反論をする。男性の発言をきいていると『やっぱり女』とか『だから女は』という発言がいかに多いことか。

私が放送局で仕事をしている時も、一人女性が読みまちがいをしたりすると『だから女は！』といって女全体が叱られたりしたものだ。読みまちがえた個人ではなく、女という団体さんだ。男がまちがえたって、男全体が叱られることはなく、そのまちがえた個人だけが叱られる。

なぜ女ばかりが、『だから女は！』という風にいわれなければならないのか。『だから男は』といういい方はあまりなく、男は個人として認められている。

なぜそういうことになるのだろうか。

それは、男性が、女を全体像としてとらえているからではなかろうか。そういうとらえ方をしているかぎり、女についてわかるわけがない。

私もよく、男性ばかりの会や、会社の中堅サラリーマンや管理職のところで講演を頼まれることがある。その時よくいわれる。

「私のところにも、女性がたくさん働いているんですが、どうも女性についてはわからなくて」

そんな時、いつも私はいう事にしている。

「女全体をわかろうとなさっても無理です。女も男と同じように一人ひとりちがっています。A子さんは、B子さんは、C子さんはという風に一人ひとりなのだと思ってつきあっていただければいいのです」

だいたい女全体をわかろうなんておこがましい。女も男と同様、個の集団なのだから、一人ひとりを理解すればいいのに、まず先に女と思うから事はややこしくなる。A子さん、B子さん、C子さんと個と考えてながめればいい。その個の性がたまたま女だということでいいではないか。

私は放送局でアナウンサーという仕事をしていたとき、いつも思っていた。私という個人がたまたま性は女として生まれ、たまたま現在の仕事は、アナウンサーなのだと。私は決してアナウンサーの私ではない。肩書が先にあるのではなく、私という個が先にある。こんなわかりきった事がなぜか日本の社会では通用せず、肩書が先に来たり、性別が先に来たり、年齢が先に来たり、それで相手を判断しようとする。だから自然に肩書社会になって、柔軟な思考が出来なくなるのではなかろうか。

日本では、必ずといっていいほど、会社の中では、役職名で呼ぶ。係長だの課長、部長といった風に。なぜ名前だけで呼ぼうとしないのだろう。個である前に、その役職で呼ばれてしまう。国会からしてどうかしていると思う。この原稿を書いている今、テレビでは閣僚の記者会見が行われているが、記者たちも質問するのにわざわざ、「○○先生はこの点をどう思われますか」ときいている。「先生」はやめて、なぜ「さん」にしないのか。

もっと不思議なのは、議員同士がお互いを「先生」と呼んでいることだ。お互い「先生」と呼びあってよく恥ずかしくないと思う。こんな所からも、国民の代表だという神経がまひしていくのだと思う。

アメリカの記者会見などを見ていると、名前を呼びあってフランクであり、個というものが先にあることがわかる。同様に、女に対しても、個が先であり、その個が男であるか女であるかということでしかないことがよくわかる。

まず相手を個として認めることからはじめるために、「先生」という国会議員の呼び方をぜひ改めてもらいたい。日常が大切なのだ。

何気なく男性の口から出る、「どうも女は……」だの「だから女は……」だのという口癖もやめてもらいたい。その中から少しずつ意識がかわってくるだろう。

私は、めんどうだと思ったり、りくつっぽいことはいいたくないと思いながらも、つれあいの言葉で気になると言うことにしている。

「それはたまたま私が不器用なだけで、女全体の問題ではないのよ。それぞれちがっていろいろな人がいるのだから、文句がいいたかったら『だから女は』でなくて『だからあなたは』『だから君は』という個人にしてちょうだい」

向こうはそのたびに憮然としている。それでも私はそれだけは必ずいうことにしている。

妻や娘に対しても、つい口癖のようにいってはいないだろうか。『だから女は』と。そういいたくなったら、ぐっとこらえて、固有名詞を使おう。「だから○○子は」「だからあなたは」という風に。その中から、きっと今までとちがった柔軟な男女関係が出来上がってくるにちがいないと思うのだが。

4章　自分をどう愛していくか

自分で生き方を考える女

ナイーヴな心

私の母は春の彼岸の入りに亡くなった。八十一歳。死の直前まで可愛い人であった。何が可愛いかといえば、気持ちの持ちようである。病弱な夫と我がままな娘とでたいへんな苦労をしながら、苦労の身につかぬ、少女のようなところのある人であった。

私の友人が来ると心からもてなし、あるかぎりの物を出してサービスする、若い人相手にも自分の初恋の話などをして違和感を感じさせない。

「娘は無愛想だけど、お母さんが可愛いから」

といって友人や取材に来たマスコミの人々も、私がいなくても母めあてにやってくる。ナイーヴな心を持ちつづけることが出来たのは、世間体や見かけにまどわされずに、自分の感動を大事にすることを知っていたからだ。

風のそよぎや雲の流れ、虫の声一つ一つに感動する心を失わずに、時にその思いを書きとめ、短歌にしていた。女学校の頃からそっと書いていた短歌を死後一冊の本にまとめて出版し、親しい人にさしあげた。

愚痴をこぼさない母

母は人を楽しくする才能を持っていたと思う。どんな時でも愚痴をいうのをあまり聞いたことがない。他人と比較して我が身を嘆くということもなかった。

もちろん人間だから、人を羨ましく思うこともくよくよすることもあったろうが、子どもや他人に見せることをせず、自分の中で消化していた。思いを断ち切る強さを身につけていた。

子どもの立場からいうと、親がぐちをこぼしたり、隣の家や人を羨んでばかりしていてはいやになる。自分の判断がなく、何か流行すればそれを追い、他人と連なってばかりいる母は美しく感じない。

孤《ひと》りになることを知っている親、自分自身で物を見、感じようとしている母は、子ども心にも印象的だ。悩みを持ちつつも、自分で考え、くよくよした気持ちを断ち切ることを知っている母でありたい。

私の母はごくふつうの主婦ではあるが、自分をなくすことなく大切に育てることを知っていた所がすばらしかったと思う。

子どもである私をはじめ、他人のために一生懸命つくしたような人生だったが、それが自分の仕事なのだという意志的なものがあった。

子どもを心で包む

生きている間は反抗ばかりして母を苦しめてきたが、母はどんな時も私を見すてなかった。

思春期の頃は家庭内暴力一歩手前という状態だったが決して母だけは私を切りすてないという自信があった。今思えばすべて母親の掌《てのひら》の上であった。

今の教育は学校でも家庭でも基準に合わないものを切りすてようとしている。学校で管理され、家庭でも管理されては子どもはたまらない。

せめて家庭では、切りすてるのではなく、最終的に暖かく包みこむことが大切だ。

私は体が弱かったせいで過保護に育った。だから自分自身を我がままにのばしてきた。

母が子どもの頃からいっていたのは「人様にご迷惑をかけないように」である。人に迷惑をかけることには厳しかったが、それさえ守れば、とやかくいうことはなかった。自分の意見は押しつけず、まず私のいうことを聞いてくれた。

父が軍人で戦後、経済的にもたいへんな時期があったが、母は自分のものを売っても、私の希望をかなえようとしてくれた。

おかげで私は自分で考えたり迷ったりしつつも、ともかく自分の意志を通して生きてくることが出来た。

大切なのは人それぞれの〝違い〟

幼児や小さい子が気がつかないと思ったら大まちがい。子どもは常に親を見ている。親の思いや考え方は、皮膚を通して子どもに伝わっていく。言葉や形でいくらつくろおうとしてもだめだ。親の生き方を子どもは感覚として受けとっている。子どもは親の生きうつし、子どもにいつも見られているのだから、しっかりと生きなければいけない。

〝いじめ〟という問題がある。子どもの問題ととられがちだが、実は親や大人の問題なのだ。

子どもたちは正直な分残酷だから、はっきりした形であらわす。大人はずるいからごまかしてはっきり形にならないだけだ。

どんな子がいじめられるのかといえば、何らかの意味で違う子がいじめられる。同じものを持ち同じようにしている子はいじめられない。

違いのある子の方がほんとうは個性的で大切にされねばならぬのに、日本の社会は違いを切りすてる。それは親や大人がいつもやっているからだ。自分たちの仲間で同じような人だけ大事にして、それ以外の人を切りすてる。

「村八分」とか「仲間はずれ」とか親のやっていることを見ている子どもがはっきり形としてあらわすのが〝いじめ〟なのだ。

人間にはみなさまざまな違いがある。その違いを大事にしていく社会にしなければならないはずなのに現実は逆だ。特に女親は同類同志が連なって、違う人をよせつけない。それが子どもの問題となっていることを知るべきだ。

人と連なって、トイレに行く時まで、くっついていき、一人になることを恐れ、自分で物を考えようとしない母親に育てられる子どもこそいい迷惑だ。

母親がまず自分をとりもどし、自分の感覚や頭を大事にして自分の生き方を考えることが、子どものためにももっとも必要なことなのだ。

自分の心に耳を澄ませる

不安症候群

若い女性の間に不安症候群が広がっていると聞く。自分の将来や仕事、人生についてなんとなく不安を感じて仕方がないのだそうだ。

厳しい言い方になるが、不安を感じるのは暇がありすぎるせいだ。自分の目標を持って全力で打ち込んでいれば不安を感じる暇などあまりない。

ぼんやりと人生を過ごし、だらだらと暮らしていれば、あるとき自分を振り返って不安になるのは当たり前のことだろう。

仕事にしても、その会社で我慢して、一人前になろうという覚悟がないから、簡単に「職転がし」をしてしまう。

「転職」と「職転がし」は全然違う。転職はある程度仕事の実力をつけた人が職を変え、キャリアを重ねるもの。それに対し「職転がし」は、ちょっと嫌なことがあったからといった理由で別な場所に逃避することだ。コロコロ転がっていくだけでなんの積み重ねもない。

そんな人生を送っていれば、自分の将来や仕事に不安はつのるばかりだ。

孤独の時間

自分の心に耳を澄ませたい。

自分が本当になにがしたいかを考えず、回りに振り回されるだけの人があまりに多い。

回りばかり気にしているから、自分の本当の声が聞こえない。情報に振り回されているから、本当の自分を忘れてしまっている。もう一度初心に帰って、自分の心の声を聞いてみるといい。

買物をするときでも同じ。ハンドバッグを買おうとするとき、なぜ自分はそれを買おうとしているのかを考えてみる。そのハンドバッグが好きで買おうとしているのか、単に皆が持っているという理由だけで買おうとしているのか。

私なら、皆が持っているからという理由だけでは、そのバッグは買わない。

孤独の「孤」は、個性の「個」につながる。自分の個性を大事にしようと思えば、群から離れることも大切なのだ。

大勢で楽しく過ごす時間があってもいいのだが、ときには一人になって自分自身の声に耳を傾ける時間が必要なのだ。

回りの情報や人の話ばかり気にしていると、自分の声が聞こえなくなる。

本当の夢

自分の心に耳を澄ませれば、「私は本当はこんな風に生きたかったんだ」ということが分かってくるはずだ。あとはその目標を実現するためにどこまで我慢し、努力できるかだろう。

私が大学を出て就職しようと思ったとき、女性の求人はほとんどなかった。やっと見つけたのがテレビ局の求人だったが、それも私の希望していた制作の仕事ではなくアナウンサーという仕事だった。

自分にその仕事が向いていないとか、嫌いだとかいう感情は別にして（私自身アナウンサーの仕事はあまり好きではなかったのだが……）一生懸命に仕事をした。いつかはものを書く仕事をしたいと思っていたから、一方では原稿もせっせと書いた。

結局、九年間放送局に勤めフリーになってキャスターをやり、今頃になってようやく昔からの夢である文筆の仕事で食べていけるようになったのだ。

自分の生きたい道が分かったとしても、すぐにその道を歩めるとは限らない。最初から自分の夢を実現できる人などいないと言っていいだろう。現在成功して輝いて見える人でも、迷いながら、回り道をしながら今の場所にたどり着いたのだ。

持続する志

大切なのは、自分の理想から遠いと思えても、いまいる場所をないがしろにしないことだ。そこでいい加減に生きている人は、決して自分の夢にたどり着けないだろう。現在がおもしろくなくても、その現在は未来につながっているのだから、自分を諦めずに、夢を実現するために努力する姿勢を忘れてはならない。

比較的女性にとって働きやすい現在の環境は一朝一夕にできたものではない。私たちの時代は、就職先を選択する余地はなかった。結婚したいと思えば仕事は諦めなければならなかった。その前の時代、私の母親の時代は女性が就職することさえ考えられなかった。

そんな時代でも、自分たちの娘の時代には少しでも環境が変わるようにと努力をしていた女性がいた。その人たちの努力によって現在の環境がつくられたのだ。

私たちの先輩の努力の結果だということを忘れてほしくない。

まるごと自分

ふと自信をなくす——私の場合も、もちろんあった。

短い単位でいえば、何週間か、何カ月かに一度、ふと自分を振りかえる時間が訪れた時、みぞおちのあたりから、思いがけず湧いて来る。なんとか忘れるようにごまかしていたのに、それはいつも存在していて、時折顔を出す。

私はそのたびに、不安になりながらも、ほんとうの自分に出会えたような気がした。

自信満々だったり、調子よく人と応対している自分の方が実は仮面であり、内なる声を聞く余裕すら持てない状態なのだということを知っていたからだ。

自信をなくす時、それは人が内省的になり、自分の声を聞こうとする瞬間なのだ。

恐れることはない。自信を失っている自分をいとおしんで、出来るかぎりつきあってやることが大切だ。いらいらしたり慌てたりせずに、みつめてやりたいと思う。

落ち込みそうになったり、危険を感じたら、そんな自分を置きざりにして、散歩に出る。心を空《から》にして、あたりの風物をながめて歩く。尾長の空気を裂くような叫びに足を止め、枝につき始めた梅の花を数える。ビルとビルの間からのぞく空がもやって、春の訪れを告げている。あちこちで、いろいろなものが芽生えている。

路地の草の芽や並木の芽吹き、古代から現代まで、枯れては又芽吹く、そんな生命の営みを見ると、嬉《うれ》しくなる。私の心の中にも、何かが生まれて来るような気がする。おっくうな時は、気に入りの揺り椅子《いす》に腰かけ、暮れなずむ空をみつめる。好きな音楽をかけ、心を平穏に保ちながら。あちこちに灯がつきはじめる。あそこにも、ここにも生きている人がいて、自信に満ち満ちて仕事をしていたり、一人落ち込んで鏡をながめている……と想像すると、いとおしさが湧いてくる。私もその一人なのだと思うと、今の自分を抱きしめてやりたくなる。そこからなにかの緒《いとぐち》がつかめそうな気がしてくる。

最近でこそ、私も自信をなくしたからといって、慌てたり、ばたばたすることもなくなったが、若いころはそうではなかった。

ちょっとしたきっかけで、穴の中に落ち込むと、いつまでも這い上がれずにいた。そしてますます事態を悪い方へ悪い方へと追いこんでいった。

週や月単位ならば、仕事や友人に会うなどしてごまかすことも出来たが、何年か単位でやってくるものには、とてもたちうち出来ずに、うちひしがれてしまう。

大学時代が、私にとっては最悪だった。自分はきっと何かが出来るにちがいない、自分にも才能はあるはずだと、重くて両手でも持ちきれないほどの自我をもてあましながら、その出口がみつからない。

自分の中に深く深く降りていくことしか出来ず、楽しそうに、キャンパス・ライフを楽しむ友人を指をくわえてながめていた。勉強も、学生運動も、クラブ活動も、人づきあいも、何にものめりこむことが出来ず、ウツの状態で、自分は病気にちがいないと思いこんだ。

やがて四年間が過ぎ、卒業を目前にして、どうしても就職せねばならぬ状態に追いこまれてはじめて、行動を開始した。受けるなら開き直って精いっぱいぶつかってみよう。ぬきさしならない所に自分を追いこみ、就職難の中でやっと募集が来たアナウンサーという仕事を受けてみた。

開き直ったのがよかったのか、喋るのが苦手な私がNHKに入ることが出来て、そこから私は変わった。一番苦手だと思っていたことも、やれば出来るのだ。ぎりぎりの所に立って、選択をせまられ、迷いを捨ててぶつかれば道はひらけてくる。それは大きな自信につながった。私よりも日頃明るく見え、喋るのが上手な人よりも、私が選ばれたことが嬉しかった。

私より恵まれて見えた人たちは、私のように自分を追いこみ、ぎりぎりの所に立っていなかったのだろう。だから開き直れなかったのだ。

私は自信のない、出口のない自分と四年間つきあうことで、その辛《つら》さが身にしみ、自分に飽き飽きし、なんとかしなければ生きてはいけない、土壇場に追いこまれていたのだ。

入局してからは、がむしゃらに仕事をした。テレビの創成期で、何でもやらねばならず文句をいうひまもなく、めまぐるしい忙しさの中で、自信があるのないのと考える余裕など全くなかった。

学生時代の自信喪失は、一種の甘えであったことに気づいた。そんなことをいっている余裕がまだあったということなのだ。いいかげんにごまかさずに、ウツの自分とつきあってやったのがよかった。飽き飽きしながらも自分を嫌いにならずに、いとおしんでやったのがよかった。

自分を諦《あきら》めてしまっては可哀《かわい》そうだ。自分で自分を見捨てることなのだから。

九年間、放送の仕事をして、NHKをやめた。いつか活字の仕事をしたいという、もともとの希望が知らぬ間に育って来たからだ。

それで生活していくことは難しい。放送の仕事を続けながら、少しずつそちらに向いていけばと思ったが、放送局をやめてからはよくない事の連続だった。

フリーになって二年目にして、仕事はうまくゆかず、プライベートでも、十年間大切にしていた恋を失う破目になった。

私はすっかり自信をなくし、再び自分の穴に落ちこんでしまいそうな自分を感じていた。眠れぬ夜に、もう駄目だと何度思ったことだろう。そんな時、ふと、まだかすかに期待している自分に気づいた。それは自分への期待であり、それがあれば、なんとか生きられると思った。

私は今までの自分と訣別するために、半年間エジプトに住む決心をした。その間に仕事はなくなるかもしれず、友だちも遠のくかもしれないが、ともかく翔《と》んでみる必要を感じていた。

再び土壇場に追いつめられ、私は決断するより道がなかった。

全く価値観のちがうエジプトでの暮らしがどんなに救いだったろう。私の忘れていた素朴な人と人との触れあい、失ってしまっていた時間や空間、そうしたものがエジプトにはあった。

たまたまつれあいが特派員をしていたカイロのアパートメントに住み、つきあう人といったら、支局の運転手のモハムッドと、メイドのナジーラ。この二人は、私の中にそれまでの放送界での暮らしで巣くっていた人間不信をとりはらってくれた。

言葉は通じない。けれど笑顔や、手ぶり身ぶりで意思の通じた時の嬉しさ。モハムッドは敬けんなイスラム教徒である。富はある所から無い所に流れる。自分より貧しい人には喜捨《きしゃ》をする優しさを教えてくれた。ナジーラとは女同士の悩みも語った。年はずっと若いのだが、私の面倒をよく見てくれるお母さんのような存在だった。この二人によってどんなに救われたことか。

夕方になると私は車で三十分ほどのギザのピラミッドに出かけた。円錐形の影が砂漠に落ちるころ、広大なその砂原に向かって、のり出して行く人がいる。ろばの背に荷をくくりつけた老人は、果てしないサハラに向かっていく。オアシスは所々にあるが、いつ着くかも分からない。無限の時へ向かってのり出していく。不安ではないのだろうか。私なら約束事と、着く時間をあらかじめ設定しなければとても動けない。老人にとっては目的地に着いた時が着いた時なのだ。何時何分いつまでというのではない。今から向こうへむかっていく時の流れの中に彼はいる。ほんとうの時間を知っているのだ。約束事を前もって作り、そこから逆算して今を生きている私とはちがう。私の今まで持ってきた、切り刻まれた細かな時間など、ほんとうの時間ではない。

老人は永遠の時間を知り、その中の自分の位置も心得ている。私などあくせくと日々を追うことに疲れ、自分をがんじがらめにしている。

老人の姿にほんとうの時間を見てから、私はあせらなくなった。日本へ帰っても、ノンフィクションを書くために調べるという長い時間の単位にたえられるようになり、マイペースをとりもどした。少しずつ道は開けはじめた。

自信を失いそうになる自分とも上手につきあえるようになった。それが自分本来の姿であり、自信のある時もない時も、まるごと自分自身にちがいないのだから。

一人の男がいて、一人の女がいて

深夜のベルが鳴る。

「明日、結婚式なんだ、急に気が進まなくなってやめたいョ、どうしたらいいだろう」

電話の主は、かつての私のボーイフレンドである。

「なにを寝ぼけてるのョ。勝手にしナ」

とどなりたい所を我慢して聞いている。男の甘えであることは百も承知、翌日になれば、ケロッとした顔で花むこに収まることは分かっている。

こういう男性は意外に多いらしく、最近も我が家に遊びに来た若い女性の編集者が言っていた。

「どういう神経なんでしょうね。元恋人の私に電話してくるなんて」

たしかに無神経、自分勝手と言えなくもないが、考えてみれば分からぬでもない。自分のきめたこととはいえ土壇場に追いこまれると、急に逃げ出したくなるのは男も女も同じである。旅に出る時、あんなに楽しみにしていながら、荷造りをしはじめる直前になって急に面倒になりやめたくなる。あの心理である。

結婚も同じこと、決定的な日を前にするとこれでよかったのか、ちがう道があったのではないかと迷いが頭をもたげ、ひたすら今の境遇から遁走《とんそう》したくなる。逃れられないからこそ、逃れたいのだ。

結婚は、人生のうちで、いやおうなく自分で選択をせまられるものの一つだ。見合いであれ恋愛であれ、最後の決断は自分で下さねばならない。

もちろん大切な選択にはちがいないのだが、大ぎょうに考えたり、真剣に思いつめると、結婚なんかできなくなってしまう。

最後の所は「まあいいや」と乗り切ってしまわねば、人前で「結婚しました」などとてもいえやしない。

私の場合、外で飲むのが面倒になって、飲み友達と家で飲んだ方が早くて安あがりとばかり暮らしはじめたのだから、「結婚」などと特別な意識はなかった。式も旅行も特別なことはせず、日常にさり気なく組みこんでしまった。

そうしなければ結婚など出来なかったろう。決断の乗りこえ方も人さまざまなのだ。結婚に夢など描いたことがない私ですら、決断の前後はゆれ動いたから、夢など描いていたら、たいへんなことは想像にかたくない。

夢が現実になる瞬間位恐ろしいものはない。夢の間は、自分の中でふくらませ、想像し、あれこれと楽しんでいられるが、事実となって目の前に現れると、もはや自分の中の思いではなく、一つ一つが目にみえる事柄となっていくわけだから、その間のギャップは大きく、とまどいと、こんなはずではなかったという気持ちになる。

結婚とは、多くの人がいうように現実だからこそ、結婚に夢など描かぬ方がいい。

恋を夢みることはいくら夢みてもいいのだが、結婚は夢とはほど遠い。

とはいえ、若い女性の多くにとっては、現実までが夢の対象で、どんな家に住んで子供は何人ということまで夢にしてしまうから、いざ目の前に結婚が近づくと悩みが噴き出してくる。

私は、以前、『ゆれる24歳』（サイマル出版会）、『二十四歳の心もよう』（講談社）と二冊、二十四歳前後のＯＬと心を割って恋や結婚、仕事について話をした本をまとめているが、常に彼女達は揺れていた。自分の人生の中で結婚をどう位置づけたらいいのか。仕事や自分の可能性とのかかわり、今つきあっている人がほんとうに結婚する相手なのか、年を重ね、結婚の足音が現実に近づくにつれ、どうしたらいいのかわからなくなる。

一流商社に勤めるA子は、学生時代からつき合っている男性がいる。短大を出たので自分が社会人になっても、彼はまだ学生。ある時、彼が養子で、実母が体が不自由という悲惨な状況をきき、彼を抱きしめたい思いと一方で、そうした環境の重みに耐えていけるかどうか不安になる。

結婚となると、自分の両親を説得することも必要だし、自分達だけではない様々な家の事情がからんでくる。現実を目の前に示されて、二人だけでは解決出来ないし、一度離れて自分をみつめたいと旅に出る。そして彼だけでなく、まわりにいる男性も含めて、時間を置いて考えようという結論に達する。

多分彼女は、その男性と結婚はしないだろう。同じ商社の同僚といっしょになるだろうというのが私のカンなのだ。

彼女は、結婚という現実の前に、社会的条件と彼の性格を考慮に入れてどうしてもふみ切れなかった。そのために彼ともずい分話しあい、悩んでいるようだった。好むと好まざるとにかかわらず、彼をかこむ環境や自分をかこむ環境が障害になるケースは多い。

B子は、自分からこの人と思って近づいた男性と結婚を誓っている。ところが、彼の母親が、サラ金に手を出し莫大な借金をかかえこみ、長男である彼はそのために北海道へ帰らねばならなくなった。二人でオーディオの店を持つ夢も破れ、B子は反動で他の男性と関係を持ってしまう。

会社から帰ると一人で、ポテトチップスをやけ食いし、ムカムカして吐くまで食べる。そんな不安定な状態の中で、それでもいつか借金が終わって彼がもどってくるのを待っている。

この場合も社会的条件の前に結婚が暗礁にのりあげたのだが、なんとかのりこえたいと北海道と東京と別れてがんばっている。

「結婚はしたいですネ、やっぱり肉親じゃない赤の他人が、土壇場のときこの人はわかってくれるという人間が、この世の中に、この広い地球に一人いるっていうこと、そういう人間のかかわりで幅が出来るのはすばらしい」

ピアノを教えているC子も恋人がいた。けんか別れをし、見合いの話をいくつもこなしながら、テニスの指導員の彼が忘れられず、いけないと思いながら、ある夜酔って電話をかけてしまう。どうなるわけでもないことは十分に承知していながらそうせざるを得ない。

結婚のきまっている女性も、それゆえにこれでいいのだろうかと迷っている。

D子は、人からはずい分遊んだと思われている。何人かと同時につき合ったりもしてきた。その結果「男の人は根本的に同じ。女の人に対する考え方とか、つき合ってるのは自分だけって感じで女に求めるものも同じ、そのなかから誰を選ぶかです」と割り切ったことを言う。

五年間つかず離れずだった安心出来る男性と来年結婚するときめて衣裳《いしょう》は白ムクと思っているが、一方で自分につれなかった上司を忘れることが出来ない。

もう一人、同棲《どうせい》を経て同郷の男性と結婚は当然と目されながら延ばしているE子。彼女は、今アルバイトはしているが定職はなし、将来物を書いていきたいが海のものとも山のものともわからない。「自分の立っている所がしっかりしていないといらつくし、仕事をちゃんと持たないと、彼の世界に知らぬ間に組みこまれていくのが恐《こわ》い」という。

その悩みは私もよく分かる。結婚は相手の男性に合わせ、あなたまかせの別世界につれていかれることではないことを、彼女達は知っている。今までの生きる延長線上にあり、自分で選び、決断しなければならないと思っているからこそ迷うのだ。

夢は無責任でいいが、結婚は自分の責任だ。もしそんな彼女達に私がアドヴァイスが出来るとしたら、結婚は、式や旅行や家の環境やらの事柄を剥《は》ぎとって、一人の男と一人の女がいれば十分だということしかない。

5章

「父」という異性《ひと》への手紙

父への手紙──長靴とマント

毎朝、馬が迎えに来ました。係の人にひかれて茶や黒、葦毛、その日によって違います。その馬に人参をやるのが楽しみでした。

「今日の馬はあばれ馬だから……」

と近づけてもらえない日もありましたが。

やがて、軍服にぴっちりした長靴《ちょうか》をはき、マントを羽おったあなたが、玄関を出て、ひらりと馬にまたがります。私は母に抱かれて手を振って送ります。

宇都宮から二年で転勤した仙台でのこと。将校は馬で送り迎えがあったのです。

幼い頃の父の肖像というと、きまってその姿が浮びます。かっこいい姿は、私の誇りでもありました。大礼服というモールや勲章で飾り、帽子に羽根かざりのついた黒の正装より、何気ない長靴にマント姿の方がお似合いでした。

三、四歳の私には軍隊や戦争のことなどわかるはずがありません。敬礼のきまった見かけの良さだけが印象的だったのです。

陸軍の幼年学校から士官学校を出て、エリート将校の道を歩みだしたあなたは、見かけも大切だったという近衛兵だったこともあると母からききました。

軍人になる道は、定められていました。あなたの父親、私にとっての祖父も軍人でしたし、それ以前は、浜田藩の武士、祖母は、貧乏旗本の娘でした。長男のあなたはその道を継ぐように運命づけられていたといえます。

しかし本当のあなたは、絵描きになりたくて、何度も美術学校を受けようとしました。そのたびに祖父に見つかり、水を満杯にした洗面器を持って廊下に立たされました。

軟弱な絵描きなどに長男をさせるわけにはいかなかったのでしょう。確かにあなたの性格は芸術家肌で、感情の起伏が激しく、軍人には全く向いていませんでした。

その時代、絵描きなどでは食べられない時代でした。嘉納治五郎を手伝って講道館をひらいた硬派の祖父は、あなたの好きな芸術など理解出来なかったでしょう。泣く泣く軍人の道を進んだはずです。

宇都宮に転勤する前は中国の旅順に一家で住んでいましたが、写真にうつった父の書斎は、まるでアトリエで石膏《せっこう》だの画架や画集で埋まっていました。戦時中も戦後も絵さえ描いていれば幸せでした。

そんなあなたが、何故妥協して軍人になったのか、許されないなら家出をしてでも貧しくとも貫き通すべきだったのに……あなたの悲劇はそこから始まったと私は思うのです。

父への手紙──屏風《びょうぶ》の絵

枕元に屏風がありました。時折り四十度近い高熱を出す私は、屏風の風景に会えるのが楽しみでした。うつらうつらしながらながめていると、それが自分の内側にしみ込んで、体験した風景に思えてくるのです。病気も捨てたもんじゃない……。

屏風には、スケッチブックに描かれた水彩画が何枚か表装されていました。あなたの絵です。私が三歳になった頃、旅順から帰って三、四年しか経《た》たないのに、あなたは又中国東北部へ出かけてゆきました。仙台の黒板塀に囲まれた官舎で、ねえやに抱かれて手を振って送った日の事を憶えていますから。

一九三九年（昭和十四）中国では国民党が擡頭《たいとう》し、日本軍が初の重慶《じゅうけい》無差別攻撃を行い、モンゴルではノモンハン事件が起きました。

切迫した戦況だったにもかかわらず、送られてくるのは、中国各地の風景でした。いつの間にスケッチしたのか、Ａ４判位の小型のスケッチブックが入っていたり。彩色はなく、鉛筆だけのものでしたが。

松花江《スンガリー》にかかる橋をパラソル片手に渡る婦人や幾層にも重なった塔や寺、中国東北部のそうした風景は、私にとっても忘れがたいものになっていきました。

表装された絵には色彩があったところを見ると、帰国してから記憶した色をつけたに違いありません。戦争のさなかに、よく絵を描くひまがあったものだと思えます。戦闘服のままで、人目を盗んで、素早く鉛筆を走らせる姿を想像すると、知らぬ間に笑みが浮んできます。その時だけが地位も任務も忘れ、至福の時だったのでしょう。

任務を終えて帰ってきたあなたは、少し足を引きずっていました。戦場で受けた傷がもとで起きた神経的なものでした。そのため主計将校に変ったようでした。国内の勤務になってからは、家で時折り絵を描く事も出来ました。

初夏のある日、外から帰って来た私は、母を探して父の書斎のドアの隙間から見てしまったのです。台の上に、母が「裸のマハ」のような一糸まとわぬ姿で横たわっていました。少しはなれた所から、真剣な目をしたあなたが、イーゼルに向かって筆を走らせていました。私は見てはならぬものを見てしまった気がして足音を忍ばせて遠ざかりました。胸は激しく波打っていました。

母をモデルにした絵は、何枚も残っています。シュミーズの肩ひもの片側を外して椅子にかけた図、洋服や着物姿の上半身、今も大切に居間や山荘の壁にかけています。不思議なことに、私の絵は一枚もありません。残されたスケッチの中にも、猫の絵はあっても幼い私も、成長した私も見あたりません。何故なのか、一度聞いてみたいと思っていたのです。

父への手紙――梱包とチッキ

釘《くぎ》を抜く虚しい音、いまでも耳についています。「ギギー」という鈍いひびきと共に手の感触まで。夜中に目覚めた時などよみがえってくるのです。

引っ越し、幼い頃それは日常茶飯事でした。あなたの転勤に従って、二、三年おきに、母と兄と私は、住いを変えました。その頃、単身赴任などは無く一家そろってあなたの勤める陸軍師団の官舎に行くのです。引っ越しは大変でした。用意された木箱に一つずつ生活用品を入れ、本を入れ、専門の業者は運んでくれるだけなので、荷物は自分たちで準備するのです。

割れ物などは、新聞紙に幾重にもくるみ、衣類などの間に入れ、子供の私たちも手伝いました。母やねえやが手に傷をつけ、夜遅くまで働いて木箱がいくつも出来上る頃、専門業者が来て釘を打ちつけ、縄をかけて運んでいきました。

チッキという言葉、憶えていますか。たしか引っ越し荷物のため、一車輌《しゃりょう》貸り切った時に聞いた気がします。「チッキにして」（鉄道による手荷物輸送）と、よく母が業者に言っていましたから。

そして赴任先のガランとした部屋に体だけ先に到着して、多くの木箱が運び込まれる。……その梱包《こんぽう》された荷をほどき、木箱を開けなければなりません。私も自分の物だけは、自分で開けようと、小さな手で釘抜きにはさんで釘を抜きます。

「ギギギ……」

その時の心が虚ろになるような物悲しい音を、転勤のたびに何度聞いたことでしょう。大切なものほど壊れていました。

仙台の黒板塀に囲まれた官舎と離れる時、庭の隅の竹林と、母が梅干しを干していた裏庭、いつも外界をのぞき見た節穴を点検しました。……三十年後、広瀬川のすぐそばで河鹿《かじか》の声がきこえたその家を訪れた時は、昔のまま、節穴も健在でした。

兄はそこで小学校に通い、私はお隣の東北大教授の新明正道氏のお宅に「新明学校」と呼んでランドセルを背負って通いました。いつも下のお嬢さんと遊び、上のお嬢さんは東京の女学校から帰る夏休みに、庭の真中の池に笹舟《ささぶね》を浮べてくれました。下のお嬢さんは、教科書裁判で名高い家永三郎教授と結婚され、その後東京でお話することがありました。

やがて仙台の家とも別れ、沢山の木箱と共に、千葉県の稲毛に引っ越しました。私は人との別れを知り、ギギーという釘を引き抜く音がその象徴となりました。慕っていたお隣の姉妹、近所の遊び友達、たびたびの別れがたえがたくて私は親しい友を作らぬようになっていくのです。

父への手紙―桜と軍歌

その山は、じゃがいものようないびつな形をしていました。窓一面にひろがる山が富士山とは、誰《だれ》も思わないでしょう。

千葉県の稲毛海岸から静岡県の富士の麓の町、富士宮へ引っ越して、連れて行かれた先は、町はずれの広大な農家の離れでした。壁の厚さからいって倉だったかもしれません。後年富士宮にお住いだった山の画家の曾宮一念さんをお訪ねした時、お嬢さんに私が住んでいたと思える所に案内してもらいましたが、広大な邸《やしき》と思ったのは子供だったからで、農家としては広目の庭に古い倉が残っていました。ここからの富士は、裾《すそ》を引いていず、ごつごつとした斜面の一部がアップになっているだけで、美しくもなんともありません。

富士の裾野に少年戦車兵学校があり、あなたはそこに配属になったのです。

私はここで、附属大宮幼稚園に入り、毎日浅間《せんげん》神社の石畳を歩いて通いました。ある日、馴《な》れない道でつまずいて、膝頭《ひざがしら》を打ち、大量の血が流れました。石畳の上を流れ、境目の上に吸いこまれていく一筋の血を、私は自分のものではない不思議な生きもののように凝視しました。痛みはなく、ただその生き物を見届けたくて、じっとうずくまっていました。

地元の人たちは、老舗《しにせ》のお醤油《しょうゆ》屋の寺田さんをはじめ、かわるがわる私たちの家を訪れ、春の花見の時期になると、桜の名所に私達を招待してくれました。その時はじめてあなたのソフト帽に背広姿を目にしました。どこかのおじさんのようで似合わないと思いました。そのおじさんが車座の中心にあぐらをかき、手拍子をうって人々と共に歌っていました。

「徐州徐州と人馬は進む　徐州いよいか住みよいか　しゃれた文句に振返りゃ……」

ほとんどが軍歌でした。お正月、父に挨拶に来る部下の人々も座敷に上りこみ、酒が入ると軍歌です。

いつも聞かされていたので、私はほとんどの軍歌が歌えます。子供らしい歌など歌ったことがありませんでした。

「ここは御国《おくに》を何百里　離れて遠き満州《まんしゅう》の　赤い夕日に照らされて　友は野末の石の下……」

「戦友」の長い歌詞もすらすら出てきます。カラオケで軍歌を唄う人を見ると我身に置きかえて恥ずかしくなります。

読んでいた雑誌には東洋のマタハリといわれた川島芳子の馬上の勇姿や切腹する美少女の姿、胸ときめかせ、「大きくなったら何になりたい」ときかれると迷わず「スパイ」と答えていました。満州で特務機関（諜報《ちょうほう》機関）に属する叔父たちの影響だったのでしょうか。

父への手紙——将校住宅

見知らぬ人から手紙をいただきました。大阪府八尾《やお》市に住む七十代の男性で、かつて大正飛行場（現八尾飛行場）といった陸軍の飛行場と、そこに勤めていた軍人やその官舎について終戦後に調べている方でした。その中に当然、あなたの名前もありました。

静岡県の大宮市（現富士宮市）から大阪府八尾市にある陸軍の飛行場に転任して、

敗戦の日まで、あなたはそこに責任者の一人として勤務していました。大宮市で附属小学校の一年生になった私は、官舎のある大阪府柏原市の柏原小学校に転校しました。一級河川の大和川が歩いて十分の所を流れていました。その向こうに二上山や生駒連峰の姿。仙台では広瀬川、大阪では大和川、後に東京でも多摩川、なぜか川に縁がありますネ。

二階建の木造家屋が連なる一帯は将校住宅と呼ばれていて、民間からの借り上げだったと記憶しています。東側の道路に面した前庭には、白い芥子《けし》の花が咲いていて、座敷の先の廊下沿いの坪庭には、雪の下が一面にはびこっていました。隣の家とはあまり間がなく、話し声が塀ごしにきこえてきました。その言葉が全くわからず、異郷にほうり出された気分でした。父方は東京、母方が新潟なので、関西弁には馴染みがなく、その上河内弁が入っているために、乱暴にきこえます。母も買物に行っても全くわからないと途方にくれていました。

学校へ行きはじめて不安は適中しました。東京弁で話す私は仲間に入れてもらえず、子供ながら、なんとか大阪弁をマスターしない事には生きていけないことを悟りました。

アクセントも逆なら、表現の仕方もちがう……。後になって私はＮＨＫのアナウンサーになり、二カ国語ペラペラのバイリンガルだといって自慢が出来るほど大阪弁が上達するのですが……。

学校ではあまり喋《しゃべ》らず、通いはじめた最初の日の帰り道、一本道をまちがえて迷子になってしまいました。通りすがりの人に聞いても言葉がわからず、交番をみつけてやっと私の家を教えてもらうことが出来ました。

疎開先として過した信貴山頂《しぎさんちょう》の二年間、そして高校時代の寄留生活をのぞいて父母はそこに住んでいましたが、私は、その家が好きにはなれませんでした。敗戦後落ちた偶像になった父をめぐって崩壊していく家をふり返りたくなくて、一家で東京にもどってから一度も訪れませんでした。数年前仕事で柏原に出かけた時、暗くなった道をカンを頼りにタクシーで通ったことがあります。

家の前の水田もその向うのぶどう畑のある山もそのままでしたが、私の家のあった跡は空洞で掘り返され建て直されている最中でした。

父への手紙――防空壕

庭の隅に、白い芥子《けし》が焼けただれていました。爆撃に会ったのです。大阪郊外の柏原にまで、戦の火の手は近づいていました。警戒警報に、家族身を寄せ合い、空襲警報の唸《うな》り声を聞くと、人々は防空壕《ぼうくうごう》へと走りました。

昭和十六年十二月八日、日本の真珠湾攻撃に始まった大東亜戦争は、大本営の発表とは裏腹に、本土にまで敵機襲来を迎えていました。

小学校一年から二年にかけて、学校へ行く日が減っていき、学校の先生も次々応召し、私を可愛がってくれた、鶴のように首の長い男の音楽の先生の姿も見えなくなりました。

おまけに身体検査で、私は、結核の初期の肺門淋巴腺《りんぱせん》炎であると告げられました。

当時はまだ特効薬がなく、栄養をとって安静にして寝ているだけ。微熱があり、レントゲンに一目でわかる影がありました。

あなたはといえば、陸軍八尾飛行場で、爆撃機の襲来にそなえ、帰宅しないこともたびたび。その頃から、私の中で父の存在は少しずつ薄くなっていきました。

母と兄と私と三人、灯火管制といって、光の洩《も》れないように、黒い布で覆った電灯の下に身を寄せあい、兄はその下で宿題をし、私は、検温したり、薬を飲んだり、母は台所で作った食事を運んできて、限られた光の輪の下ですべてのことをすましていました。柏原にまでついて来たねえやは、東北の実家にもどって行きました。

ついに我家も防空壕を掘ることになりました。場所は、白い芥子の焼けた跡の土が掘り返され、四角い木の入口が作られ空襲警報のたびに、狭い階段を穴の奥へと降りていきます。

梅雨特有の湿気の中で、むっとした空気が地獄の底から立ちのぼって、私はそこに入るのが嫌でした。ビンに入った水薬と白い粉の薬包をお盆にのせて防空壕の中でも、時間ごとに薬を飲むのを忘れないように、母の監視の目が光っていました。

湿気と、土中から立ちのぼる臭《にお》いとに、咳《せき》が出て、警報が解除されると穴から飛び出しました。防空壕での暮しは、私の病気を悪化させていました。胸には、いざという時のために、ハンカチを長方形に折り、「下重暁子」と墨で黒々と名前を大書し、その下にA型と血液型が明記されていました。

敗戦後、学校の身体検査で、私はB型である事が判明。大けがや病気で輸血がなかったからよかったものの、戦時中の検査がいかにずさんだったかがわかります。

父への手紙──縁故疎開

疎開が始まっていました。都会の子供たちは、学校の先生とともども親と離れて、地方の寺や施設に半強制的に集団疎開することになりました。私の学校でも友だちは、子供同士賑《にぎ》やかに出かけてゆきました。しかし、体の弱い私は参加出来ません。結核は伝染する病です。

日々激しくなる爆撃の中で、ついに私たち一家は、縁を頼って個別に疎開する事になりました。集団疎開に対して縁故疎開です。

知人のお金持ち一家が、自分の経営する旅館の離れを提供してくれることになりました。母と兄と私の必要な物や大切な品を選び、さらにあなたの蔵書や画集なども先に送り、私達三人は、関西線に乗り、柏原から奈良県の王寺へ、そこでケーブルカーに乗りかえて信貴山という山へ向いました。信貴山縁起という絵巻物で昔から有名な信仰の山で、中心になる信貴山 朝護孫子寺《ちょうごそんしじ》のまわりには様々な塔頭《たっちゅう》があり、お参りに訪れた人のための旅館が参道沿いに立ち並んでいます。

葉桜の並木が続き、古い地蔵や、五百羅漢に見下されて歩いていくと、見知らぬ土地での不安がふくらんできます。一番奥まった所にある三楽荘《さんらくそう》というその旅館は、敷地も広大で、向いの老舗《しにせ》旅館「柿本家」と並んで、信貴山でも一、二を誇る旅館でした。「三楽荘」と書かれた古い額のある広い玄関を入ると、ロビーの向こうに芝生の庭が広がり、その先に大きな池があります。

古く澱《よど》んだ池の向うには山々がそびえたち朝護孫子寺への道が、木の間隠れに見え、塔頭の屋根が見えます。

私達の住いは朱塗りの欄干がある三楽荘の本館ではなく、そこを通りぬけて、芝生の庭に出て、少し下った所にある離れでした。

本館は、すでに疎開者でいっぱいでした。

私は、小さな日本家屋が気に入りました。ある宮様が信貴山参拝の折この旅館に泊られたのを機に作られたというだけあって、木造の小ぶりな建物にもかかわらず、材木の一枚一枚まで吟味されていて、床の間つきの「御不浄」には驚かされました。離れの庭に面した座敷が私の部屋、荷物の中にあったピンポン台が私のベッドです。座敷の壁はぎっしりとあなたの大切にしていた画集や小説本のつめこまれた本棚で埋まっています。

朝、昼、晩と体温計で熱を計り熱計をつけ、そのグラフを一日置きに来る医者に見せ、ヤトコニンという静脈注射を打つ、これが私の日課です。特効薬のない頃で、安静と栄養しかほぼ療法がなく、陸軍病院として使われていた向いの老舗旅館「柿本家」から医者が来てくれることになりました。

父への手紙―白木の机

疎開先の小学校に、籍だけは移すことになりました。親の気持として他の生徒たちより勉強に遅れをとる事を心配したのでしょう。病気ではあっても、調子のいい時だけでも行ってみてはという親心だと思います。奈良県の信貴山上に一つだけあった小学校（当時でいえば国民学校）。土地の子供たちの通う学校です。中学校は無く、兄は、毎朝唯一通じていたケーブルカーに乗って、山の下の王寺にある中学に通っていました。

初めて登校した日、桜並木には、どす黒い実がいくつもいくつも垂れ下っていました。

先生の紹介がすんで、私は一番後に置かれた私の椅子に坐《すわ》りました。白木で作られた真新しい机には、墨で黒々と、下重暁子《しもじゅうあきこ》と書かれていました。その頃《ころ》、自分の持物には全て名前を書いたものです。物のない時代なので、運動靴にも消しゴムにも鉛筆まで根本を削って名前を書きました。それにしてもあまりに堂々たる墨の名前の字と白木の机が目立ち過ぎ、私は居心地の悪い思いをしました。

同級生の、何代も使い古した机と椅子の中で、あなたが親しい大工に頼んで作らせたという私の机と椅子だけが目立っていました。一番後に置かれたのは、当時子供としては背が高かったからだけではなく、その机が大きくてみんなの列に入らなかったからでしょう。自分の机や椅子は自分で持ってくるようにとは、学校側からの指示でしたが。

今から二十年ほど前、信貴山上の疎開先を訪ねたことがあります。その時案内してくれた役場に勤める女性が偶然、私の同級生だったそうで、私がはじめて登校した時のことをよく憶《おぼ》えていました。木の香も新しい白木の机と椅子、そこにあらわれたいかにも都会育ちという感じのする女の子に、クラスの子供たちはみな抵抗を憶えたといいます。今なら私にも想像がつきますが、その時は全くわかりませんでした。名前の大書された白木の机と椅子は、権威の象徴。よせばいいのに先生は、私のことを「偉い軍人さんのお嬢さん」だと言いました。純粋な田舎の子供たちの心に、いやが上にも私への反撥《はんぱつ》がつのったのはまちがいありません。

当時都会から田舎へ疎開した子供たちはよくいじめに遭ったといいます。帰り道、私を待ち伏せした男の子たち数人が追いかけて来ました。手にした棒には蛇が巻きついています。必死に逃げて家に辿《たど》りついて高熱を出し、その日から私は全く学校へ行かなくなりました。

父への手紙―白衣の兵

「太郎は父の故郷へ　花子は母の故郷へ」

哀愁を帯びたメロディーと、疎開の我身を重ね合せ、私は、ひばの垣根にもたれて一人小声で歌いました。どうしてもその題名を想い出せなかったのですが、亡くなった作家で演出家の久世光彦さんのエッセイで「父母のこゑ」(与田準一作詞・草川信作曲)だと分かりました。久世さんも忘れられない歌として書かれていましたが、今も口ずさむと、ある風景が浮びます。

参道をへだてて向いには、柿本家という信貴山一の老舗旅館がどっしりと黒い輪郭を見せていました。陸軍病院として使われていたその旅館の二階の欄干には、白衣の兵の姿がちらちらし、時折、表玄関に続く庭に、ふんどしだけの兵が並んで身体検査を受けていることもありました。母に聞くと、軽症の患者ばかりで、私同様、肺結核が多いとか。特効薬のなかった時代、戦場で他の兵にうつさないために、日本へ帰され、こうした病院に入れられたのでしょう。あなたも若い頃、肺結核だったそうで、療養所暮しがあったから、お分りだと思います。

軍人であるあなたの指示もあって、向いの陸軍病院から、一日置きに軍医が看護担当の軍曹を連れて私の許を訪れ、朝昼三時夜とつけた熱計を見、ヤトコニンという名の静脈注射を打っていきました。ゴムで腕をしばり、肘の内側の静脈を浮き出させ太目の針を刺し、多少の出血の後、薬の液体が血管に吸い込まれていくのを私はじっと見つめていました。そのために私の両腕の静脈は固くなり、今も採血や注射の際に困難を極めます。

軍医付きの軍曹は、力仕事などを母にかわって手伝ってくれ、数人の白衣の兵がかわるがわる我家を訪れるようになりました。

Tという青白い帝大生のインテリ兵は、器用に我家にあった千代紙などを木の菓子箱に張り、母を喜ばせ、和紙を束ねて愛らしい手帳を作り私にプレゼントしてくれました。

Yという名のはち切れそうな肉体を白衣に包んだ小太りの兵は、いつも鞭《むち》を鳴らしながら散歩に出て、我家に寄り道をしていきました。

白衣なのに軍帽をかぶり階級を示す金色の星が並んでいて、奇妙な感じを受けたものです。

向いの陸軍病院に暮す白衣の兵だけが、私の友達になっていきました。

父への手紙——トンネルの向こう側

疎開先の学校に行かなくなって、私の心も体も安定し、平熱の日も続くようになりました。陸軍病院から一日おきに来る軍医は、たまにあたりを散歩することをすすめます。

向いの病院の軽症の結核患者たちもよく散歩しています。彼等が信貴山朝護孫《ちょうごそん》子寺《しじ》の参道に沿って、池にかかる朱塗りの橋を渡って対岸まで歩く姿を、私はベッドに横たわりながら目で追っていきます。疎開先の離れの座敷の前はなめらかな芝生の庭で、その池へと続いているのです。

Yという若い兵士が鞭《むち》で欄干をたたきながらいつも先頭をきって歩きます。その後に白衣の兵たちの影が澱《よど》んだ池の面にぼんやり映ります。

私の家へも遊びに来るYが、ある日の午後散歩に行こうと誘いました。その日は母が出かけていたので、気がとがめたのですが、ちょっとならと、後についていく事にしました。二十代のはちきれそうな肉体が、大股で歩くたび白衣の裾からのぞきます。どんどん分校へ向い、それを通りこした所に、暗い洞をのぞかせるトンネルがありました。かつてケーブルカーが大阪側から通っていた頃の名ごりだとか。

私は汗をかきながらついていくのがやっとです。

トンネルに入ると急にひんやりとして汗がひき、天井から時折しずくが落ちてきました。雨の名残りか、トンネルの中の道の両側は濡《ぬ》れています。小さく見えていた穴が徐々に大きく明るくなり、目の前にぽっかり出口が見えています。日の光が眩しいばかりに射しこんで、私は一瞬目をつぶりました。

それは夢のような風景でした。一面の丈高い青草に覆われた土手がトンネルの先に続き、所々の赤錆びた線路は、戦争が激しくなるにつれ供出させられた跡なのでしょう。土手の下には茅葺《かやぶ》きの農家の屋根と田圃《たんぼ》ののどかな田園風景が続きます。それまで待っていたYは、私の右手をとって、丈高い青草の茂みへと誘います。それまで黙ったまま鞭を鳴らして先を歩いていたのが嘘のような優しさです。

遠くから青草と見えた中に隠れるようにして撫子《なでしこ》のピンク、遠くに、野生の山ゆりの朱も見えます。自然の楽園の中で、私は太陽に目を細めながらYに手を引かれるまま土手を少し降り、青草の中に腰を下しました。

Yの顔が目の前にありました。はだけた白衣の胸の間から男の若さが立ちのぼります。抱き寄せられ、唇を唇でふさがれ、何もする事が出来ません。私がしっかり唇を閉じているので、青草をしたたり落ちる男の唾液《だえき》……。

「お母さんにいってはだめだよ」

小学生の私にもそれが後めたい行為である事はわかっていました。その後もたびたび男は私を散歩に誘い、私は断るすべを知りませんでした。

父への手紙――大阪大空襲

敗戦の年、一九四五年（昭和二十）の三月十三、十四日は忘れられない大阪大空襲でした。三日前の三月十日は東京大空襲、大都市を中心に、地方都市、とりわけ陸軍や海軍の施設のある都市が狙《ねら》われました。以後広島、長崎の原爆に至るまで、爆撃は実に計画的に行われ、私のつれあいはじめ疎開先の甲府や長岡で焼け出された人たちも多かったのです。

十三日の二十三時五十七分から十四日の三時二十五分まで三時間半にわたって行われた深夜の一般家屋を狙った爆弾は、ナパーム弾による大火災を引き起し、そのあとクラスター爆弾を投下したとのこと。四十八個の内蔵された小型焼《しょう》夷弾《いだん》が空中で分れて落下する……その頃からクラスター爆弾が使われていたのです。死者、行方《ゆくえ》不明者を含めて五千人近く、その焔《ほのお》は赤々と闇《やみ》を染め、まるで巨大な夕焼けのように美しかったといいます。

奈良県にある信貴山頂でもトンネルを越え不気味な炎熱地獄を見た大人たちが様々に噂していました。

それから六月一日、七日、十五日、二十六日、七月十日、二十四日、そして敗戦前日の八月十四日まで空襲は続きました。陸軍の造兵廠《ぞうへいしょう》のある大阪城周辺はあらかた焼きつくされました。

後に大阪城の真ん前にある大手前高校に通っていた頃、城の南東側の石垣の上からは一面の焼野原が見渡せ、工場跡の鉄屑《てつくず》を拾う人たちがいました。

私はひそかに、この世のものと思えぬ凄惨《せいさん》な夕焼けが見たいと思っていました。

六、七月のどの日だったか記憶にありませんが、私は、白衣の兵と出かけたトンネルの向こうの青草の中で、頭上を飛ぶB29の大編隊の音を聞きました。百機から百五十機はいたでしょうか。西北に向い、やがて曇り空が、朱い湿気を含んだ雲でふくらんで、夕方になっても消えようとはしませんでした。

「早く早く」白衣の兵にせかされながら、草づたいにトンネルの上にのぼると、堺《さかい》方向からB29が去っていくところでした。

うす暗くなってもどった私を母は疎開先の旅館の離れの前に立って待っていました。大阪をおおいつくした朱い雲が私の頭から去らず、その夜から私は発熱しました。

一日おきにやってくる軍医は首をかしげ、ひょっとしたら肋膜《ろくまく》に水がたまっているかもしれないから、背中から針をさして抜かなければいけないかもしれないと言いました。

私にはわかっていました。白衣の兵との度重なる秘密の散歩のせいなのだと。結末は思わぬ形で訪れました。

父への手紙――よそいきのもんぺ

その日は、いつもと様子が違っていました。

母は、紺色の繻子《しゅす》で作った、よそいきのもんぺに着変え、兄は学生服、私は、レースのついた白い上衣に紺色のスカート、戦時下の私たちの正装で並びました。

簞笥《たんす》の上のラジオがぜいぜいいいながらも大きな音を発し、前に正座して、その時を待ちます。

昭和二十年八月十五日、正午、重大発表があると予《あらかじ》め告げられ、いよいよ本土決戦かと色めき立つ人々もいましたが、私にとっては当面、肋膜《ろくまく》炎と診断され、背中から水を抜かれる方が関心事でした。

厳《おごそ》かな枠付けではじまったその声は、少々かん高く、独得の歌うような抑揚をつけて性能の悪いラジオの波に乗って頭の上を流れてきます。初めて聞くその声が異様で、とんでもない事が起きたことだけは、察しがつきました。

母は涙を流していました。解説によると、戦争は日本の敗戦という形で終り、天皇陛下じきじきに詔勅という形で国民に話されたのだそうです。

疎開先の旅館にも、いつもとちがう緊迫感がみなぎり、ひっそりと静まり返っています。

私は離れをぬけ出して、いつも一人で唱っていたひばの垣根の前に立ちました。蒼空はどこまでも高く、続いていた爆音も消えています。向いの陸軍病院をうかがうと、どこに消えたのか、ちらほらしていた白衣は見えず、軍靴の響きもありません。

その日から、陸軍病院の軍医が私の所へ来ることはありませんでした。一日おきのヤトコニンという静脈注射からも、恐れていた肋膜の水を抜く作業からも解放されました。同時に密《ひそ》かに培った白衣の兵との散歩や遊びも二度と訪れることはありませんでした。十歳の少女が、男たちのあしらい方を憶《おぼ》えたというのに。

もう誰も軍人の娘という理由でちやほやしてくれることもなく、競って食物を持って来てくれた土地の人々も、母が自分の着物を一枚ずつ持ち出さねば米と交換してくれなくなりました。

私のお雛様《ひなさま》、内裏様《だいりさま》は祖母手造りの特大のものでしたが、私に知らせず売られる運命にありました。人々の心はいら立ち、主家の飼犬ドーベルマンが殺されて食べられました。犯人は向いの病院の兵士、多分あのYの仕業です。

進駐軍が来たら、軍人の妻や娘はまっ先にはずかしめに遭うといわれ、「これを飲むのよ」と母は私に白い薬包を見せました。青酸カリだったと後に知りました。

父への手紙――父帰る

疎開先の信貴山上に、あなたがもどって来たのは、敗戦の詔勅《しょうちょく》をラジオで聞いた日から一週間以上は経《た》っていたと思います。

いつ、どの様にして帰って来たのか、私には全く記憶がありません。気がついたら、池に向ってひろがる旅館の広大な芝生の庭に、後姿を見せて、あなたが居ました。陸軍将校の軍服姿の上半身がくっきりと、下半身は、池に向うなだらかな坂に消えていました。

そして池から立ちのぼる湯気のように、一条の煙が空に向っていました。その煙が二条になり三条になり、近づいてみると、その下に朱《あか》い焔《ほのお》と黒い燃えかすがありました。大きなリュックサックが置かれ、そこから一枚ずつとり出した紙がくべられていきます。朱い罫《けい》のある同じ紙には、楷書《かいしょ》の字が見えます。

軍の機密書類だったのでしょう。陸軍の大正（八尾）飛行場から持出された書類は、焼いても焼いても尽きることはありませんでした。来る日も来る日も煙は立ちのぼり、私はしっかりと父のその後姿を脳裡《のうり》に刻みつけました。

戦後のあなたの記憶はここに始まります。

あなたの持っていた膨大な本と画集、デッサン用の石膏《せっこう》やスケッチブック、油絵具や画架、描きかけの油絵、などなど書斎にあったものは、私達と一緒に旅館の離れに疎開して無事で、焼けたものは幸運にもありませんでした。それ等がどんなに私の無聊《ぶりょう》を慰めてくれたことでしょう。文学全集の一冊ずつをとり出して、わけもわからぬまま夢中で読んだ日は決って、夜の熱計が上昇しました。

父の不在を淋しいと思った事はありません。そういう仕事だと小学生ながら分っていたからと同時に不在を楽しむ方法も心得ていました。向いの陸軍病院の白衣の兵たちが私の心の中を占めていて、家族といったものに特別の関心はありませんでした。父が帰って来たからといって、飛びついていくことも、膝に抱かれることもありませんでした。

ただ書類を焼く後姿の撫《な》で肩がいっそう下がって見えた事は確かです。やけに赤とんぼが多い夏でした。蒼空《あおぞら》に無数の赤とんぼが漂い、その下に機密書類を焼く煙と、軍服の後姿がありました。

数年前、私の許《もと》にインタビューに来た大阪地方紙の編集者があなたの名を出しました。

「祖父の命の恩人です。終戦間際、大正飛行場に勤めていた祖父に出征命令が出た時、上司だった下重大佐は行くなといわれました。祖父の乗るはずの船は沈没しました」

間もなく戦争が終る情報をあなたは持っていたのでしょうか。

父への手紙——山を降りる日

いよいよ山を降りる日がやって来ました。

その前日の午後、私はひとり家を出て、あのトンネルへ向いました。鞭を持った白衣の兵と共に、何度このトンネルを通りぬけ、その先にひろがる丈高い青草の間に身を潜めたことでしょう。

ひんやりしたトンネルの壁にもたれると、水滴が天井から落ち、私の首筋に入りこみ、半袖のブラウスを伝い、袖口から腕に沿って一筋流れていきました。

遠くから砂をける足音が近づいて来ました。一人ではなく、多くの兵隊たちが揃《そろ》って、ザック、ザックと踏みしめながら、トンネルの入口から、こちらに向ってきます。

白衣の上に、肩から銃をかけ、軍帽には、金色の星がきらめき、軍靴のひびきも高く……。

薄暗がりの中で一人一人の顔はわかりませんが、私には、向いの陸軍病院の兵隊たちにちがいないと思えました。

壁にへばりつくようにして、隊列が行き過ぎるのを待ちました。鞭を持ったひきしまった体の男も、千代紙で愛らしい手帖や箱を作ってくれたインテリ青年も、軍医と共に注射をするためにやって来た軍曹も、ふくまれていたにちがいありません。

一行は、わき目もふらず、私に一べつも与えずに、トンネルの出口めがけて、足並みを揃えて過ぎていきました。

光の射しこむ丸いトンネルの出口に後姿を見送り、私は、呆然《ぼうぜん》としていました。

彼等は、どこへ行ってしまったのか……一瞬の錯覚だった気もします。

八月十五日敗戦の日から、向いの病院は、静まり返り、人の気配がしなくなりました。彼等は、いつどうして、老舗旅館の柿本家を借り上げた陸軍病院から消えてしまったのでしょうか。

信貴山上駅と、山下駅《やましたえき》を結んでいたケーブルカーは、空襲で、たびたび通れなくなり、その都度人々は歩いて往復しなければなりませんでした。山の下の中学に通っていた兄は、深い谷底を見ながら線路を這《は》って渡る恐ろしさを訴えていました。

やっとケーブルカーが修復され、私たち一家は、関西線の王寺駅から将校住宅のあった柏原に帰りつくことが出来ました。

前庭には掘り返した防空壕の跡。朱いカンナの花がめらめら燃える炎のようにみだらに咲いていました。二階の西側の一室は梱包《こんぽう》されたままの荷物、東側の六帖が私の部屋、窓をあけると、稲田の向うに堅下《かたしも》のぶどう畑が色づきはじめ、その南端に私たちが後にした信貴生駒《いこま》連峰や二上山の姿がありました。

父への手紙――柏原小学校

編入されたのは、疎開前に通っていた大阪府立柏原小学校です。三年生の秋、二学期からです。約二年の間、私は信貴山上で肺門淋巴腺炎で休学していました。そのため友人たちより二年遅れるのがいやでした。

先生はこういいました。

「みんな疎開して勉強してへんから大丈夫。進級してもええわ」

戦後のドサクサとはいえ、いい加減なものです。算数の基礎を憶《おぼ》えるのに、ちょっと時間はかかりましたが、国語などは、毎日あなたの書棚の本を読んでいたおかげで、友達よりは、はるかによく出来ました。

学校の先生たちも、直前まで、「天皇陛下万歳」だの「本土決戦」だのと教え、校庭の御真影を拝むことを強要していたのに、突然、民主主義という言葉を聞いてとまどっていました。

私たち子供も「ルーズベルトのベルトが切れてチャーチル散る散る花が散る」と替え唄《うた》を唄っていたのが、価値の転換をせまられて、困った顔を見合せていました。

母も毎日の食べ物を求めて買い出しにかけまわり、あなたは、近くの大和川の土提に畠を耕し、さつま芋の苗を植えていました。肥料の下肥えをかついで行く姿に、近くの人々は「あの将校さんが……」といって憐《あわ》れみとも同情ともつかぬ表情を浮べたといいます。足を負傷して片足を引きずっていた身には、どんなにかたいへんな作業だったでしょう。

不思議なことに、私の病気は、知らぬ間に治っていました。誰も面倒を見てくれる人がなくなって、放り出されたとたん微熱も出ず、学校へ通っても疲れなくなりました。多分に過保護病だったのでしょう。

男の先生たちが次々と復員して来ました。戦地で亡くなった先生の名が廊下に張出されました。鶴のように首の長い長身の音楽教師が帰国して戦闘帽にゲートルを巻いた姿で挨拶をしたのを、昨日のことのように憶えています。

彼は歌の好きだった私をひいきして、焼け残ったピアノで放課後特別レッスンをし、学芸会に歌わせてくれました。「青い目をした人形」と「花嫁人形」でした。同級生に朝鮮から連行された家族の子供がいました。私が習字の練習に通う途中のどぶ川沿いにその人たちの家がありました。彼等は集団で、私を待伏せました。いつも近所の男の子達が一緒で守ってくれましたが、登下校の時も一人だと追いかけて来ます。Hという名の同級生の女の子の眉間《みけん》の開いた顔を、私は今でも夢に見てうなされることがあります。

父への手紙――辻政信

私の大学受験にあわせて、我家は、東京にもどることになりました。祖父母の家が東京の中村橋にあったので、長男のあなたは、継がなければならず、東京の大学に職がみつかったこともあって、私の高校卒業と同時に移ることになったのです。祖父はすでになく祖母と、四年前に父とけんかをして上京した兄が住んでいました。兄も社会人になったこととて、もう本気であなたと向き合うことはなくなりました。

あなたの就職先は、K大学。そこはもと軍人のたまり場のようになっていたので、あなたも気が楽だったのでしょう。

その頃になって、かつての偕行社《かいこうしゃ》と呼ばれる陸士（陸軍士官学校）時代の同期会が九段会館（旧軍人会館）でさかんに行われるようになっていました。軍人恩給の復活も噂され、国会議員にも賀屋興宣《かやおきのり》の名がありました。あなたの同期生で言えば参議院議員の辻政信《つじまさのぶ》、かみそり辻といわれたほど頭が切れて、中国や東南アジアで日本の参謀として名をとどろかせた人物です。

その辻さんに会ったことがあります。早稲田大学に通い、家庭教師のアルバイトをしていた頃です。私の就職の相談をあなたがしたせいでしょう。アルバイト先に近い四谷駅の近くで、黒い車が待っていました。その中で私の希望などを聞き、別れ際に、言いました。

「これを取っておきなさい」

お金だとわかった私はすぐいいました。

「とんでもありません、父に叱られます」

「おやじには黙っておけばいい」

私を残して、黒い車は発車しました。受取った紙袋には、私のアルバイト代の一年分ものお金が入っていました。苦労して大学に通う私を不憫《ふびん》に思われたのかもしれません。

すぐあなたに報告したら、しばらく考えてこう言いましたね。「好意なのだからもらっておきなさい」。

辻政信氏が中国から東南アジアに出かけ行方不明の報が新聞に出たのはそれからしばらくしてからでした。『潜行三千里』などの著書もある辻氏は、中国やかつて参謀として働いた地で恨まれてもいました。ラオスあたりで行方不明になったということでしたが、僧侶になったという説や、謀殺されたという説などいまだにはっきりしていません。

かつて辻氏の故郷石川県小松に講演に行った時のこと、辻氏の妹さんなど御親類が会いに来られ、こういわれました。

「兄は生きていると信じています」

〔初出一覧〕

〈序章〉
・反抗の椅子　ミセス1987・6
・「栃木の記憶」　TALK1993・8・1
・禁じられた読書　未踏1981・2・10
・父の遺産　中央公論1991・10

〈1章〉
・手こぎの船で大海にのりだす時が三十代　ミセス1989・7特集／自分育てのすすめ
・精神的自立は親離れから
・三十代、四十代は、女の人が自分の人生を始めるときです・特集／自分育てのすすめ
・個性を仕上げる　プロムナード1991
・らしくない結婚　1992年版　美しい結婚
・青春時代の殻…全著作にとことんつき合える・あなたは何人持っているか。
・私の思春期・自分の穴の中で

〈2章〉
・一人っ子と長女　かけはし2003・11
・姿勢を正す　げんき1992新春号
・子守唄の記憶…親から子へ――唄いつぐ　産経新聞2005・8・21
・私のあこがれ…親から子へ――唄いつぐ　産経新聞2006・8・26
・鏡つきドレッサーといっしょに押しかけてきた〝同居人〟／愛の告白ａｉ
・子のない私たち夫婦の明日　婦人公論1991・8

〈3章〉
・おんな風土記6・鹿児島の女　書斎の窓1990・7
・おんな風土記5・高知の女　書斎の窓1990・6
・男へのメッセージ・「女」でなく「個人」として　Sunday Nikkei（日経新聞1991・5・5）
・やせても枯れても50代第9回　連合1994・9
・やせても枯れても50代第3回　連合1994・3
・やせても枯れても50代第4回　連合1994・4
・やせても枯れても50代第5回　連合1994・5
・やせても枯れても50代第6回　連合1994・6
・やせても枯れても50代第7回　連合1994・7
・やせても枯れても50代第8回　連合1994・8

〈4章〉
・自分で考える女《ひと》に　特集・子どもが好きなすてきなお母さん
・自分のこころに耳を澄ませる　OL Manual1991・8
・まるごと自分だから　PHP4月号
・一人の男がいて、一人の女がいて（おんなの気持ち）　Woman Man

〈5章〉

■父への手紙―長靴とマント　月刊「MOKU」
■父への手紙―屏風《びょうぶ》の絵　月刊「MOKU」
■父への手紙―梱包とチッキ　月刊「MOKU」
■父への手紙―桜と軍歌　月刊「MOKU」
■父への手紙―将校住宅　月刊「MOKU」
■父への手紙―防空壕　月刊「MOKU」
■父への手紙―縁故疎開　月刊「MOKU」
■父への手紙―白木の机　月刊「MOKU」
■父への手紙―白衣の兵　月刊「MOKU」
■父への手紙―トンネルの向こう側　月刊「MOKU」
■父への手紙―大阪大空襲　月刊「MOKU」
■父への手紙―よそいきのもんぺ　月刊「MOKU」
■父への手紙―父帰る　月刊「MOKU」
■父への手紙―山を降りる日　月刊「MOKU」
■父への手紙―柏原小学校　月刊「MOKU」
■父への手紙―辻政信　月刊「MOKU」

2010・2～2011・11

本書は、著者が長年いろいろな雑誌、新聞等に書き綴った文章をまとめ、この刊行にあたって大幅に加筆修正して再編集したものです。また、初出一覧の中に、かなり年代を経たため掲載誌名が記せず、表題のみのものがあります。

〈著者紹介〉

下重暁子（しもじゅう あきこ）

早稲田大学教育学部国語国文学科卒業後、NHK に入局。女性トップアナウンサーとして活躍後、フリーとなり、民放キャスターを経た後、文筆活動に入る。ジャンルはエッセイ、評論、ノンフィクション、小説と多岐にわたる。財団法人 JKA（旧日本自転車振興会）会長等を歴任。現在、日本ペンクラブ副会長、日本旅行作家協会会長。主な著書にベストセラー『家族という病１・２ 』（幻冬舎新書）をはじめ、『鋼の女―最後の瞽女・小林ハル』（集英社文庫）、『持たない暮らし』（KADOKAWA）、『人生という作文』（ＰＨＰ研究所）、『もう人と同じ生き方をしなくていい』（海竜社）『老いの戒め』（集英社文庫）、『母の恋文』（KADOKAWA）など多数。

カバーデザイン・熊谷博人
本文デザイン・ハッシイ
編集協力・福永育子
著者写真・杉山晃造

大好評！　ロングセラー

三浦朱門 著

大好評ロングセラー！
渾身のエッセイ

＊“迷いの年齢”を、どう悔いなく生きるか

老年に後悔しない10の備え

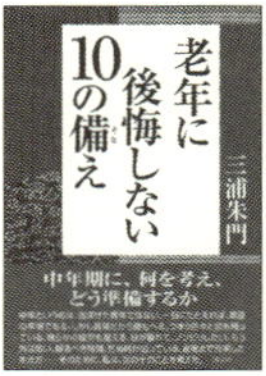

本体1300円

中年期に知っておく10のこと…
――未来を明るくする才能

＊心を遊ばせているか！――一瞬一瞬を充足して生きる

老年のぜいたく

心豊かに暮らす

本体1300円

人生をツトメにせず、
アソビに変える要諦とは。
第二の人生はアソビ精神期
――生きている証の見つけ方

＊妻・曽野綾子に訪れたウツの危機をどう乗り越えたか！

うつを文学的に解きほぐす

鬱は
知性の影

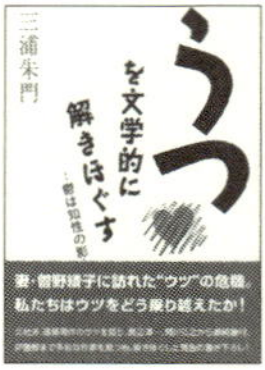

本体1400円

「うつ」を医学的でなく、
文学的に解きほぐす
異色の傑作エッセイ

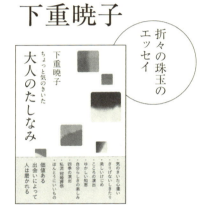